Tem Uma Coisa Sobre Mim Que Acho Justo Você Saber

Eduardo Haak

Tem Uma Coisa Sobre Mim Que Acho Justo Você Saber

1ª Edição
POD

Petrópolis
KBR
2011

Edição e revisão **KBR**
Editoração **APED**
Capa **Eduardo Haak/ KBR**

ISBN: 978-85-64046-61-0

KBR Editora Digital Ltda.
www.kbrdigital.com.br
atendimento@kbrdigital.com.br
24 2222.3491

B869.3 – Ficção e contos brasileiros

Eduardo Haak nasceu em 1971, em São Paulo. *Tem uma Coisa Sobre Mim que Acho Justo Você Saber* é seu primeiro livro.

Olá. **Sou Eduardo Haak**, o autor deste livro. Como minha editora achou que minha apresentação estava meio crua, aqui vão umas curiosidades sobre mim: eu faço a barba com gel para cabelos, troco as marchas do carro sem usar embreagem, seco meus pelos pubianos com secador, leio revistas sempre a partir da última página, detesto dar ou receber presentes (não sou orixá pra receber oferendas, oras), já fui viciado em chocolate, hoje me limito a, muito de vez em quando, cheirar, apreciar seu aroma. Quando eu ficar mundialmente famoso, vou me mudar para Cornish, New Hampshire, não darei entrevistas, nem me deixarei fotografar. Oh yeah.

Sumário

CRESCEI E MULTIPLICAI-VOS

Eu vou fazer trinta e quatro anos, minha curva de fertilidade está em declínio, não quero morrer sem ser mãe, portanto eu quero que você me engravide.

Não, não quero casar contigo, não quero nem que você pague pensão para a criança, registro isso em cartório se for preciso, eu, Alexandra Romanova, dispenso Ronaldo Rasputin de qualquer obrigação pecuniária em relação a nosso filho, o referido é verdade e dou fé, testemunhas tais, tabelião tal, você sabe que dinheiro não é problema para mim, e eu sei que, com o perdão pela franqueza, dinheiro sempre vai ser problema para você, artistas não ganham muito e não são suficientemente ambiciosos para alcançar sequer a mínima estabilidade financeira.

Não sei o que a Alexandra quis dizer com artista, e se tem uma coisa que eu não sou é desprendido de bens materiais.

Hum, eu disse.

Olha, aqui estão as guias para você fazer os exames, espermograma, sorologia para hiv, sífilis, hepatite, claro, eu confio em você, mas vamos fazer os exames só pra tirar qualquer dúvida, ok? Peguei vinte dias de férias, meu período fértil começa no final da semana que vem, nós vamos para um hotel fazenda em Indaiatuba, já fiz a reserva.

Na semana seguinte fomos para o tal hotel.

Alexandra passou a me dizer na cama coisas que nunca havia dito, coisas como, eu sou louca por você, sabia?, e eu dizia de volta, eu também, sou louco por você, mas eu estava falando sério, na verdade eu sempre fui apaixonado por ela, aqueles estavam sendo os dias mais felizes da minha vida e eu não queria que eles acabassem nunca.

Mas acabaram e voltamos para São Paulo.

Então Alexandra me escreveu um e-mail dizendo que havia feito um exame chamado beta hcg plasmático e que a contagem de não sei o que indicava que dali a nove meses solares, dez meses lunares, quarenta semanas ou duzentos e oitenta dias haveria um bebê a termo em seu ventre e ela daria à luz. E que o documento a ser registrado em cartório que me dispensaria de futuras obrigações pecuniárias em relação à criança já estava pronto, que eu apenas deveria ir a seu escritório assiná-lo.

Eu fiquei extremamente feliz com a notícia, me lembrei do meu pai, de quando íamos ao Parque da Água Branca, de quando comprávamos pizza sábado à noite e ele sempre me dava uma caixinha de Mentex depois, dele tocando bateria, cigarro entre os dentes, acompanhando algum disco dos Beatles ou do Creedence Clearwater Revival.

Meu pai era chamado de Ringo Starr da Pompéia.

Alexandra, algum tempo depois, me telefonou e disse, Ronaldo, as coisas mudaram, me desculpa, mas eu encontrei o homem da minha vida e vou me casar com ele, não, não é você, lamento, gostaria que fosse, eu vou me mudar para Estocolmo, já comprei a passagem, pus meu apartamento à venda, não, não estou mais grávida, eu realmente lamento, obrigada por tudo, de coração, eu sei que poucos homens fariam por mim o que você fez e jamais vou me esquecer disso, ela desligou e fiquei com a orelha grudada no aparelho e fechei os olhos e fiquei assim, com os olhos fechados e a orelha apertada contra o aparelho de telefone, não sei por quanto tempo.

Mulheres com Rostos Bonitos

Eu já namorei mulheres magras, roliças, com pernas compridas, curtas, vozes melífluas, estentóreas, mulheres altas, baixas, louras, morenas, praticantes de pilates, sedentárias, fumantes, mulheres com gordura localizada, celulite, estrias, flacidez, para mim tudo isso não significa absolutamente coisa alguma, o que realmente conta é que elas tenham um rosto bonito.

O Oscar Wilde disse uma vez que deixássemos as mulheres bonitas para os sujeitos sem imaginação. Eu devo ser, portanto, um sujeito pouco imaginativo em se tratando de mulher.

E o que é a beleza, afinal de contas?

Confesso que eu mesmo às vezes fico intrigado com isso.

Beleza é uma característica fácil de reconhecer e difícil de definir. Tem a ver com proporção, equilíbrio e simetria.

Tem a ver com a proporção áurea, 1 para 1,618.

Sim, eu li o *Código da Vinci*.

Aliás, o primeiro presente que dei à Valéria, logo que começamos a sair, foi esse livro. Ela havia dito que gostava de ler, porém logo confessou que desde que perdeu a mão direita não conseguiu mais encontrar uma posição confortável para a leitura.

Valéria (cujo rosto é bastante parecido com o da Isabella Rosselini, aquela modelo dos anos oitenta) sofreu uma amputação traumática da mão ao nível do punho. Eu a conheci numa reunião dos Amputados Anônimos. Na época eu já havia sido expulso da faculdade, mas lhe menti que ainda era estudante de medicina.

Na primeira vez em que conversamos, Valéria me contou que uma velha num supermercado tinha posto a mão em seu ombro e lhe dissera, com a expressão mais compungida que conseguiu fazer, Deus sabe o que faz, minha filha, Deus sabe, e que aí Valéria abriu um sorriso, se aproximou do rosto da velha e lhe respondeu, sim, Deus sabe o que faz, e, por falar nisso, por que a senhora não vai tomar no meio do seu cu?

Essas reuniões dos Amputados Anônimos, ao contrário do que se pode imaginar, não eram baixo-astral. Uma das primeiras coisas que os deficientes aprendem é que cultivar autocomiseração não leva ninguém a lugar algum.

Mas deixa eu voltar a falar de beleza. Sou obcecado por esse assunto.

As mulheres que têm uma beleza excepcional costumam ser criaturas difíceis, inacessíveis, assediadas pela vida por uma miríade de ofertas extraordinárias. Conquistá-las custa um grande esforço, especialmente para homens como eu, tipos comuns, que não são especialmente bonitos ou especialmente bem-sucedidos.

Foi pensando nisso que acabei cogitando que uma deficiência física poderia deixar menos exigente uma dessas beldades que a gente vê desfilando impávidas pela Rua Oscar Freire.

Não, não, me lembrei agora de que essa ideia na verdade me ocorreu quando um amigo começou a sair com uma garota esquizofrênica.

Ela era totalmente patricinha, havia sido modelo da Ford, etc. Já ele era mais pro estilo jogado-fora mesmo.

Um dia eles foram ao motel e ele acordou no meio da noite com a garota em estado catatônico, ela havia perdido o controle sobre os esfíncteres e estava toda cagada.

As pessoas costumam reverenciar médicos como se um médico não fosse um pobre-diabo como qualquer outra pessoa, mas alguém que tem uma autoridade transcendente sobre a vida e a morte.

Como não podia continuar sustentando indefinidamente para Valéria e sua família que eu ainda era estudante de medicina, inventei ter tido numa crise quanto a essa onipotência indevida associada aos médicos e que, portanto, havia decidido largar a faculdade.

Valéria foi razoavelmente compreensiva: sim, Gustavo, a medicina é um sacerdócio e sinceramente não acho que você tenha nascido para isso.

Eu não pretendia que isso viesse a acontecer, mas realmente acabei me apaixonando por Valéria.

Chegamos até a marcar o noivado.

Aí, um dia Valéria chegou à minha casa e perguntou, é verdade? Eu quase lhe respondi, *quid est veritas?*, mas notei que ela não estava para brincadeiras, seu rosto estava realmente transtornado.

É verdade o quê?

Ela então perguntou se era verdade que eu havia sido expulso da faculdade por alugar cadáveres para um daqueles tarados que gostam de transar com gente morta.

Eu respondi que precisava de dinheiro, que eu queria continuar estudando e não tinha condição de pagar.

Valéria saiu da minha casa chorando e dizendo, isso é monstruoso, você não percebe como isso que você fez é absolutamente monstruoso?

Depois telefonou dizendo que tudo estava acabado entre nós, e não adiantou nada eu apelar nos dias seguintes e nas semanas seguintes para que ela me perdoasse, que tentasse me entender, que se colocasse em meu lugar, Valéria foi irredutível e eu me senti, eu juro, me senti pela primeira vez na vida como se o meu coração tivesse sido arrancado, amputado do meu peito.

Alice não é Mais Criança

Minha filha está no palco, junto a três outras bailarinas. A coreografia, que mistura balé clássico e exercícios aeróbicos, é feita com escadas, dessas de alumínio que as empregadas domésticas usam para fazer limpeza.

Tento não olhar apenas para Alice.

Fixo minha atenção no cenário, observo a sincronia da música com os movimentos corporais, quase chego de fato a me abstrair com isso tudo, mas então minha filha perde o equilíbrio e leva um tombo.

Saímos do teatro e vamos ao Friday´s.

Minimizo a ocorrência, digo que acidentes acontecem mesmo com grandes artistas, conto a história da Guiomar Novaes e seus famosos esbarrões, etc., etc.

Penso, porém, que talvez já esteja na hora de Alice começar a perceber que, por mais que se esforce, jamais será uma bailarina.

Terminamos de comer.

Pergunto à Alice como é o novo namorado de sua mãe. Ela, meio dando de ombros, diz que o sujeito é ok.

Pergunto então se ela não quer mesmo ficar lá em casa enquanto minha ex não volta de Istambul.

Ela agradece, mas responde que não, que daria muito trabalho carregar todas as tralhas dela, etc., etc.

Pergunto, por fim, se ela tem comido direito e ela responde, pai, é claro que tenho, tem um monte de comida lá no freezer, não se preocupe, eu não sou mais criança.

Quando Alice era pequena íamos ao Starbucks da Alameda Santos e inventávamos histórias malucas sobre perfumes mágicos que faziam as pessoas levitar, ela dizia que quando crescesse iria morar numa casa cheia de passagens secretas e iria ter cinquenta gatos e quarenta cachorros, às vezes ela pedia para eu ver no Wikipedia a idade de algum ator bonitinho da Nickelodeon, e eu, afetando ingenuidade, fazia a pesquisa, como se absolutamente não soubesse o que estava por trás daquele interesse.

Alice, porém, não é mais criança. Suas dissimulações atuais são infinitamente mais sofisticadas.

Na última vez em que conversamos, minha ex me disse ter quase certeza de que Alice já experimentou maconha.

Às vezes eu me pergunto o que pode ser mais perturbador: aquilo que sabemos ou aquilo que jamais iremos saber sobre uma pessoa que estamos destinados a amar para sempre?

BENS MÓVEIS, BENS IMÓVEIS

Conheci minha ex-mulher quando ela foi trabalhar numa promoção do desodorante Rexona, na academia de ginástica onde eu tinha uma loja.

Ela era uma dessas modelos do segundo time, garotas que, embora sejam bonitas, não têm traços suficientemente singulares, não têm carisma, não vão chegar a lugar nenhum.

Quase todos os trabalhos dela eram coisas desse tipo, distribuir amostras grátis de desodorante, ficar plantada em estandes em feiras no Anhembi, etc., etc.

Começamos a namorar e, oito meses depois, ela engravidou.

Decidimos nos casar. Nosso casamento durou três anos.

Às vezes me pergunto o que aprendi com essa relação.

Se bem que eu não boto muita fé nessa coisa de aprendizado, o que você aprendeu com fulana, o que a relação com sicrana te ensinou, etc., etc.

Acho que essa história toda de vida em família pode ser resumida assim, você se junta a um bando de pessoas por um tempo, cerca-se do falatório delas, da presença ruidosa delas, da vulgaridade e da estupidez delas, até que chega o dia em que você percebe o quanto está frustrado e então passa a nutrir fantasias de como acha que sua vida deveria ser.

A primeira decepção que eu tive no casamento foi quando soube que ia ser pai de um menino.

Eu queria uma menina. Tinha horror de que a história da minha paternidade pudesse vir a ser uma cópia da relação que tive com meu pai.

Não me lembro das decepções que vieram depois. Mas sei que foram várias.

Como uma decepção é exatamente percebida por nós num primeiro momento?, estou meditando sobre isso, deitado numa cadeira de plástico em frente à piscina de um spa em Ilhabela.

Uma hóspede entra na água.

Reparei nessa hóspede ontem, achei seu rosto parecido com o de alguém que eu conhecia, mas demorei a me lembrar de quem era.

Penso que um pneu de bicicleta irremediavelmente murcho pode ser uma alegoria, um símbolo de decepção. Um violão sem cordas. Uma lâmpada com o filamento partido.

Etc.

Vou também para a água e digo à hóspede, olá.

Ela me responde, bem-humorada, olá.

Almoçamos juntos e passamos a tarde conversando.

Ela, que se chama Renata, me conta que viveu na Inglaterra dos dois aos catorze anos, que seus pais eram professores, que hoje ela dá aula de semiologia na Universidade Estadual de Maringá, que foi casada por cinco anos, que o pessoal costuma não entender muito bem sua condição de solteira, que vivem querendo lhe empurrar supostos bons partidos.

A mistura de solenidade e ironia das inglesas é algo perturbador.

Renata se parece muito com a Katarina Witt, uma patinadora alemã-oriental que ganhou medalha de ouro na Olimpíada de 1984.

À noite vamos ao meu quarto.

Gozo dentro da Renata, imaginando que estou sem camisinha e que ela está fértil e que ela ficará grávida e que teremos uma menina, uma menina que revelará desde a mais precoce idade ser bastante inteligente e madura, alguém que, aos oito anos, procurará no Webster Dictionary o significado de palavras como seedcake, thou e yield, alguém muito diferente do imbecil do meu filho, aquele molequinho mentiroso, manipulador e maria-vai-com-as-outras, gerado no ventre de uma modelete de segunda categoria, minha ex, que não passa de uma vadia que torra toda a pensão que eu lhe pago bancando motel para rapazes bonitos e aproveitadores, piranha sem-vergonha, ela e sua família repleta de bebuns que só sabem falar sobre futebol e de invejosos que adoram fazer comentários depreciativos sobre o carro que você tem e o apartamento onde você vive, sim, todo o escopo dessa gente se resume a isso, bens móveis, bens imóveis, a porra dos carros que eles têm e porra dos apartamentos que eles compraram ou pretendem comprar, eu gozo dentro da Renata pensando no termo vas, vaso alquímico, e o orgasmo me faz visualizar, de olhos fechados, figuras geométricas dotadas de impressionante plasticidade e nitidez, meio como se eu tivesse tomado um ácido, sim, como é que eu pude ter me esquecido que o sexo, como é que eu pude ter me esquecido que o sexo é essa coisa inacreditavelmente maravilhosa?

Você é um Filho da Puta, Mas Você é um Cara Legal

Alô, eu digo.

Oi, Johnny.

E aí, senhorita? Tudo certo?

Tudo, tudo. Eu vi que você tinha ligado, desculpa não ter atendido, eu estava recebendo umas pessoas aqui. Um pessoal de Tocantins, acredita?

Puxa, digo, rindo.

É. E aí, como estão as coisas?

Tá tudo bem. Tudo mais ou menos na mesma.

Que bom.

E você, os negócios, como andam?, pergunto.

Graças a Deus, parece que agora a coisa firmou mesmo, a roda meio que está girando sozinha. Mas eu passei por uns apertos que você nem queira saber. Bom, acho que você se lembra.

Sim, lembro, é claro.

Então. É... me diga uma coisa, Johnny, você está em casa?

Hum-hum, tô.

Então vou te ligar no telefone fixo. É o mesmo número ainda?

É.

Tá. Tô ligando.

Ok.

Meu telefone fixo toca, eu atendo, alô.

Oi, Raquel diz.

Opa.

E aí, sem-vergonha? Que anda fazendo de bom? Qual a Cinderela da vez, esperando pelo sapatinho de cristal?, ela diz, e ri.

Ah, eu rio, um pouco acanhado. Sei lá. Nada demais. Nada em especial.

Nada demais pro seu lado, seu... seu picareta, ela ri. Você sabe disso.

Eu sei?

Sabe. Claro que sabe.

Hum... bom... nunca se sabe. Já te disse que fiz uma comunidade no Orkut, "Responsável por quem você cativa porra nenhuma: foda-se o Saint-Exupéry"?

Raquel ri e diz, é, pois é. Você quase quebrou minhas pernas, sabia?

É mesmo?

Hum-hum. Quase. Por pouco não fiquei completamente de quatro. Foi bom você ter sido absolutamente sincero.

Hum. É... Ó Raquel, as coisas terem sido de um jeito ou de outro não muda essencialmente o que a gente sente por uma pessoa. Entende? Circunstâncias são circunstâncias.

Eu sei disso. Não estou dizendo nada disso como cobrança, achaque. Na boa, querido. Pode relaxar.

Tudo bem, eu tô relaxado, sossega, digo, rindo.

Sei. Já começou a gaguejar até, ela ri.

E você? Algum príncipe beijou a bela adormecida e a despertou do sono da morte?

Imagina, ela ri. Nada.

Hum... deixa eu tentar adivinhar seu script atual, então.

Tá.

Você é uma Branca de Neve versão ninfomaníaca e anda se virando com sete anõezinhos enquanto o seu príncipe não vem.

Ela gargalha.

É, um cara escreveu uma versão assim da Branca de Neve. Um americano.

Hum-hum.

Acertei um pouco o script, pelo menos?

Branca de Neve ninfomaníaca... olha as coisas que eu tenho de ouvir aos trinta e dois anos de idade, ela ri.

Ora, não é o pior dos destinos.

Johnny, segura um pouco aí, meu celular tá tocando.

Tá.

Acontece uma espécie de blackout no bocal do telefone por onde a voz de Raquel sai. Esse escurecimento dura meia partida de paciência no computador.

Pronto. Desculpa, era uma ligação importante, eu tinha que atender mesmo.

Imagina. Olha, se você estiver ocupada, a gente se fala, sei lá, amanhã.

Não, tudo bem.

Então tá.

Pois é.

Então... puxa, saudade sua, digo.

Raquel apenas ri.

Hum... eu... bom...

Diga, Johnny. Fala que eu te escuto.

Você... é... como é que estão seus horários hoje?

Hum. Por quê?

Sei lá. Dependendo da sua disponibilidade, a gente até marca alguma coisa.

Hoje?

É. Hoje.

Hum. Não sei, Johnny.

Raquel, ó, eu estou propondo só um café, nada de extraordinário, só pra gente –

Eu sei, eu sei disso. É que é tão...

Tão?

Olha, deixa eu tentar explicar... não vá entender isso como ressentimento meu, certo?, como se eu ainda estivesse ressentida, coisa que na verdade eu nem cheguei a ficar. Mas, por outro lado, não achei legal aquilo que aconteceu. Você ter saído com a Regina e tal e tal.

Mas eu te disse que –

Eu sei, eu sei, você me explicou tudo, e eu entendi. Às vezes você é um filho da puta, mas você é um cara legal, também.

Damos risada.

Mas, de qualquer forma, eu me senti meio a pata da situação, ela diz. Desculpa, mas eu me senti.

Hum-hum.

Então é isso, caro Johnny. Eu agradeço o convite, mas acho que ainda não é hora da gente se ver.

Claro, eu entendo. Sem problema.

Então tá.

Bom... diazinho estranho hoje, né?, assim, depois de um feriado no meio da semana, digo, desconversando.

Nem me fale, esses feriados de quarta-feira quebram totalmente o ritmo. E meu dia até que acabou sendo meio puxado, recebi esse pessoal de Tocantins, falei umas quinze vezes com meu contador, peguei meu carro na oficina...

Aquele Golf verde?

Hum-hum. O próprio. Mas logo, logo vou trocar. Quero ver se eu pego um Fox.

Legal. Acho legal o Fox.

E tá com o preço superbom. Pros carros dessa faixa, acho que é o que está com a melhor relação custo-benefício.

Muito bom, Raquel.

Hum-hum. E o seu dia, como foi?

Ah, nada demais. Só aconteceu um imprevisto. Curiosa até, a história.

Hum. Que aconteceu?

Então, eu estava fumando aqui na portaria do prédio, aí arremessei a bituca na direção da calçada e não vi que vinha vindo uma mulher com uma criança de colo. Aí a bituca bateu no menino. Nem aconteceu nada, mas... eu corri na direção deles, quis ver se estava tudo bem. No final, acabei dando uma nota de cinquenta pra moça.

Cinquenta? Puxa.

É. Ela era bem pobre. Com aquele menininho no colo. Talvez eu não tivesse tão cedo outra oportunidade de... de fazer uma pequena diferença na vida de alguém. Uma diferença positiva. Entende o que eu quero dizer?

Entendo, claro.

Então.

É, só periga agora a mulher se plantar em frente ao prédio todo dia, esperando ser atingida pela guimba dos seus cigarros, Raquel diz, rindo.

Nem, nem.

Como é que você sabe?

Sei lá. Os pobres, os carentes, mais do que ninguém sabem que um raio não cai duas vezes no mesmo lugar.

Rimos.

Bom... então é isso, Raquel. Foi muito bom falar contigo.

Digo o mesmo, Johnny.

Beijão.

Outro.

Raquel põe o telefone no gancho. Abre o Outlook Express, lê dois e-mails e elimina cinco spams. Vai pegar um café expresso, o adoça, prova um gole, acha que ainda está amargo, põe mais açúcar, traz a xícara à sua mesa de trabalho, olha mais uma vez a caixa de entrada do Outlook e então resolve pegar o telefone. Tecla um número e imediatamente ouve uma gravação, sua chamada está sendo encaminhada para a caixa postal e estará sujeita à cobrança após o sinal, piiiiii. Johnny? Dá uma ligadinha pra mim, ok? Eu quero conversar contigo. Olha, você pode ter tido uma impressão equivocada por causa de certas coisas que eu disse. Ah, é a Raquel, Raquel Stepanovicinsky. Liga, tá? Beijo. Raquel dá um gole no café, vai ao banheiro, volta e resolve ligar para o telefone fixo de Johnny. A ligação cai na secretária eletrônica, Raquel liga de novo, a ligação cai mais uma vez na secretária eletrônica, no momento não posso atender, deixe seu nome, número de telefone

e recado que assim que for possível entrarei em contato, obrigado, piiiiiiii. Raquel deixa um recado semelhante ao que deixou na
caixa postal do celular – só que um pouco mais aflito, um pouco
mais enfático, um pouco mais desesperado.

PORRADA

Peço para o frentista pôr vinte e oito libras em cada pneu e vou
até onde está a máquina do Visa Electron.

Há um sujeito pagando e espero minha vez.

O cara do posto devolve o cartão e dá um papelzinho azul
ao sujeito, que me observa brevemente, desvia o olhar e me cede
espaço.

Vejo pelo canto do olho ele guardar o cartão de débito
numa carteira abarrotada de papéis.

Vou à loja de conveniência do posto, pego um café e me en-
costo num balcão. Vejo o sujeito sair com seu carro, uma Quan-
tum com a lateral amassada.

Seu nome é Abduchi. Não o via há quinze anos.

Ligo para minha mulher e pergunto se ela quer que eu leve
alguma coisa para casa.

Ela diz, obrigada, amor, já fui ao mercado hoje, então ela
me informa que o arquiteto se desentendeu mais uma vez com o
mestre-de-obras, que ela acha que qualquer hora eles vão acabar
se pegando de porrada mesmo.

Bom, o que a gente pode fazer?, digo.

Acho que nada, ela responde.

Digo que chegarei em casa em vinte minutos, desligo o telefone, caminho até as revistas, pego a Men´s Health, a Gentleman´s Quarterly, a The Economist e a Playboy.

Saio da loja pensando no meu pai e nas coisas que ele dizia, se repetir de ano começa a trabalhar e vai pro colégio do estado, eu não nasci pra sustentar vagabundo, a escola noturna cheia de maconheiros pra onde fui depois de bombar no Cristo Rei, o emprego no banco, o seu Daglioni dizendo que conhecia meu pai há mais de vinte anos, os comentários, é, o garoto aí é costas-quentes, filho de tubarão, o Abduchi me botando o apelido de Edileuza e se exibindo para uma secretária chamada Paula, que ria como se fosse um cavalo relinchando, eu pedindo pra ele parar com aquilo, ele respondendo, que foi, Edileuza, tá com saudade do Ribamar?, o soco que eu dei na cara dele no meio da agência.

Tento imaginar como foi que ele engordou tanto em quinze anos, ele era todo metido a boyzinho, saradinho, surfistinha.

Aposto que quando eu chegar ao meu carro vai ter uma marca de cuspe na janela.

Tem uma Coisa Sobre Mim que Acho Justo Você Saber

A gente estava começando a sair, ficávamos pelo menos duas horas por dia papeando no messenger, nossa afinidade parecia ser incrível, aí um dia, enquanto estávamos jantando, ela me disse, olha, tem uma coisa sobre mim que acho justo você saber.

Hum, respondi.

Sem maiores rodeios ela me disse que havia morrido há nove anos.

Eu posso te provar, olha aqui meu atestado de óbito, ela disse.

Claro que a novidade me perturbou.

Passei o resto do encontro me esforçando para me comportar de modo natural. Cheguei em casa e demorei bastante para dormir.

Fernanda morreu em 2002. Ela teve uma convulsão após se encher de ecstasy numa festa. A convulsão evoluiu para uma parada cardiorrespiratória.

Incrível.

Ou melhor, completamente inacreditável. Uma garota toda certinha, toda cheia de valores morais sólidos, ter morrido de overdose.

Aos poucos, porém, fui me acostumando com a ideia de estar saindo com uma garota morta.

Entre outros assuntos, Fernanda me falava bastante de seus atritos com a mãe, eu não aguento mais essa coisa dela chorar todo dia e me jogar na cara, ó, por que isso teve de acontecer?, o que eu fiz pra merecer isso?

Eventualmente, também fazíamos piadas sobre a nossa situação.

Fernanda me perguntava, por exemplo, o que eu ia dar pra ela de presente de Finados.

Aí aconteceu que o fascínio da Fernanda acabou se esgotando. Grande parte de suas percepções e opiniões eram convencionais demais.

Na cama éramos ok, mas nada além disso.

Por favor, não, não faça isso comigo, ela me disse, implorando, quando lhe dei o fora.

Nos meses seguintes ao nosso rompimento ela me escreveu alguns e-mails, a maioria deles banais e pretensamente amigáveis, alguns outros vagamente lamuriosos.

Depois, ficamos, sei lá, um ano, um ano e meio sem ter qualquer contato.

Então eu resolvi escrever pra ela, olá, como estão as coisas por aí?, dê notícias, beijo.

Voltamos a ter conversas mais ou menos regulares e acabamos combinando de nos ver.

Fernanda bebeu muito durante o encontro e tornou-se agressiva.

Por que você deu o fora em mim? O que as outras mulheres têm que eu não tenho?

Fernanda, por favor –

Por favor é o caralho, eu sei direitinho por que você me dispensou, você me dispensou porque eu estou morta, não é? Você me dispensou porque teria vergonha de me apresentar pra bosta da sua família e pra bosta dos seus amigos, olá, essa aqui é minha namorada, a Fernanda, ela parece ser uma garota normal, só que ela morreu em 2002. Diz que não é isso. Diz, vai.

Não tem nada a ver.

Claro que tem a ver, tem tudo a ver. Você é um bundão, um borra-botas, aliás, quando é que você acha que você vai arranjar uma mulher bonita como eu, você, um fracassado aí que não tem nem onde cair morto e nem terminou sua –

Larguei Fernanda falando sozinha e me mandei.

Não adiantaria nada insistir naquela conversa, ficar me explicando, ficar explicando o que aconteceu conosco, ficar lapidando respostas para tentar não ferir qualquer suscetibilidade dela, isso é cansativo demais, e inútil demais também.

Gente complexada é foda.

ABISMO DE ALVURAS

Acho admirável essa sua falta de hesitação, os homens hoje em dia andam muito confusos, mas você sabe exatamente o que quer, foi isso que a Camila me falou em nosso segundo encontro. Saímos do Carpe Diem e eu disse, olha, fiz reserva num flat, se você não tiver nenhuma objeção, estou te levando para lá. Camila é uma mulher de pele branca e macia, um abismo de alvuras, li uma vez essa descrição, perfeita, seus quadris são largos, Camila é pediatra, pisciana com ascendente em libra, tudo nela é uma afirmação inequívoca e poderosa de feminilidade, fecundidade, doação. Camila é minha namorada, estamos juntos há oito meses.

Onde você quer gozar?, Camila para um pouco de chupar meu pau e me pergunta. Gozar na cara me dá um prazer eminentemente visual, com um leve componente de violação e subjugação, na boca idem, mas a mulher precisa ter uma putice muito evidente e assumida para que eu não sinta um certo remorso depois. Às vezes acho excitante depositar e espalhar meu sêmen no cóccix e nas nádegas de Camila, mas, por algum motivo, não estou disposto a fazer isso hoje. Antes que eu responda que, se Camila não se incomodar, eu prefiro não gozar em nenhum lugar, que estou tentando pôr em prática minha vocação tântrica ou algo do gênero, penso em jogar a peteca de volta e lhe perguntar onde ela quer que eu ejacule. Porém, imediatamente me recordo que minha relação com Camila não se pauta por equanimidade, que eu sou o macho dominador nessa parada, que sou eu quem vai ter de tomar uma decisão.

Sua falta de hesitação é admirável, Camila me diz, rindo, em resposta a uma sugestão sexual que acabei de lhe fazer, talvez um pouco inesperada, já que esse está sendo nosso segundo encontro. Saímos do restaurante e eu lhe pergunto se ela não tem nenhuma objeção mesmo. Camila diz, nenhuma, se forçando um pouco para fazer a coisa soar natural.

Camila para um pouco de me chupar e pergunta onde eu quero gozar. Às vezes acho excitante atingir o clímax no rosto e boca de Camila, especialmente quando a evoco vestida com as roupas de trabalho. Cogito responder que, se Camila não se incomodar, gostaria de gozar no cu dela, porém imediatamente me recordo que não temos camisinha nem KY nem tempo para relaxar seus esfíncteres e que improvisar a logística necessária para a coisa não é o mais sensato a se fazer.

Saímos do Carpe Diem e vamos para um flat no Itaim. Camila diz que os homens andam muito confusos, mas que sou diferente, que pareço saber exatamente o que quero e que digo sem hesitar o que acho que tem de ser dito. Feminilidade, fecundidade, doação – qual será a palavra que define melhor a característica que tanto me encanta nessa mulher?

Onde você quer gozar?, Camila me diz. Penso em lhe perguntar onde ela quer que eu goze, ando um pouco cheio desse papel de macho dominador no qual acabei me colocando em nosso namoro. Porém, a excitação obstrui minha capacidade de falar e simplesmente aumento o ritmo da penetração e acabo gozando dentro de sua boceta, seu abismo de alvuras.

Camila é pisciana com ascendente em libra. Li uma vez a expressão abismo de alvuras, penso em usá-la agora, Camila tem uma pele branca e macia, porém eu também penso que a expressão pode encarnar outro significado, já que abismo tem alguma analogia com a genitália feminina e alvura de alguma forma se relaciona ao esperma. É a segunda vez que estamos nos vendo. Carpe diem versus hesitação.

Sim, me excito com o prazer eminentemente visual de ver meu esperma espalhado no rosto de minha namorada. Camila tem os dentes brancos, costumo chamar sua boca de abismo de alvuras. Penso em jogar a peteca de volta e lhe perguntar onde ela quer que eu goze. Porém, minha relação com Camila não se baseia em equanimidade, sei que ela gosta de ser submetida, que gosta que eu seja o macho revelador de seu lado sexualmente dadivoso. Não reprimo mais o orgasmo e descarrego, jackson pollock, meu esperma em seus lábios, bochechas, língua, queixo, gengiva.

Puxa, você sempre é tão determinado assim?, Camila me pergunta, rindo. Acabei de lhe dizer que fiz reserva num flat para esta noite.

Sim, me excito ao ver meu esperma escorrendo do ânus de minha namorada. Por isso, chamo às vezes essa área de sua anatomia de abismo de alvuras. Sei que Camila gosta de ser submetida, gosta que eu não hesite em satisfazer todos os meus desejos relacionados a seu corpo. Ponho-a de quatro, penetro-a, observo suas nádegas deliciosamente flácidas balançarem, violação, subjugação, sussurro que vou enchê-la, inundá-la, transbordá-la com minha porra.

Digo, olhando para os quadris largos, fecundos e dadivosos de Camila, que é curioso estarmos num lugar chamado Carpe Diem. Ela pergunta por que eu acho isso. Digo: pelo apelo à urgência que essa expressão encarna. Eu quero muito fazer amor com você. Hoje.

Camila tira um pouco meu pau de sua boca e pergunta se quero gozar. Antes que eu responda que, se isso não faz diferença para ela, eu prefiro não chegar hoje a essa consumação, cogito jogar a peteca de volta e lhe perguntar onde ela quer que eu ejacule.

Porém, imediatamente me recordo que a esfera sexual de nossa relação não se pauta por equidade, por half and half, que sou eu quem vai ter de fazer uma escolha.

Bato uma punheta no chuveiro. Termino o banho, volto para o quarto. Camila está sonolenta, deitada de lado, com as pernas enroladas num lençol. Digo, você se incomoda que eu me vista?, estou com um pouquinho de frio. Ela sorri e me diz, imagina, vou me vestir também. Decidimos ir embora, recolhemos nossas coisas, saímos do quarto, descemos à garagem, entramos no carro, passamos pela recepção, uma moça nos sorri e pergunta se houve consumo do frigobar, pago a despesa, nossas carteiras de identidade são devolvidas junto com dois bombons, um portão eletrônico é aberto e saímos para a rua – rua que, com suas lâmpadas de mercúrio e placas luminosas e olhos de gato ofuscantes e espaços delimitados por outros espaços delimitados por outros espaços delimitados talvez seja também, como tantas, tantas outras coisas –

Tudo de Que Um Homem Precisa

Saio do cinema, desço por uma escada rolante e chego a um corredor em que todas as lojas estão fechadas.

Estou com uma sensação que costumava ter com frequência quando era mais jovem: a sensação de que meu rosto é idêntico ao do ator do filme a que acabei de assistir.

Faço uma careta e o rosto que vejo se modificar, em minha imaginação, é o dele.

Decido que ser assaltado à meia-noite na Faria Lima é uma hipótese remota e vou andando até meu prédio.

Enquanto caminho, tento analisar exatamente o que experimento quando venho ao Shopping Iguatemi. É uma sensação agradável, como se eu fosse fazer uma festa e estivesse mais ou menos na hora de os convidados começarem a chegar.

Sim, todos nós sabemos que a vida não é uma festa, mas no fundo estamos sempre esperando que nossos convidados enfim apareçam.

E que alguém, enfim, nos traga aquele presente, aquele, que pedimos há tanto tempo, com um desejo tão desabrido, aquele presente pelo qual já imploramos tanto, há tantas semanas, meses, anos, décadas, que no fundo a gente nem sabe mais do que se trata.

Às vezes eu faço aos outros a seguinte pergunta: se fossem fazer um filme sobre você, como seria a cena de abertura?

Na minha cena, eu estaria nadando numa piscina olímpica, ou estaria caminhando por uma daquelas rampas da entrada do Iguatemi.

Seria uma cena luminosa, batida pelo sol.

Tem outra cena que eu gostaria de pôr no filme: estou no carro, beijando uma garota.

Estou de olhos fechados, mas vejo a garota nitidamente.

Seu rosto está iluminado por aquelas lâmpadas piscantes usadas em árvores de Natal.

Ela para de me beijar e me pergunta: ei, onde você está?

Abro os olhos e lhe respondo: dentro de você.

Esta cena realmente aconteceu. A garota se chamava Daniela.

Hoje ela está casada e mora em Comodoro Rivadavia, na Argentina.

Chego em casa, ligo a TV e vejo um pouco de American Idol.

Um rapaz, cujo rosto é parecido com o daquele personagem da revista Mad, diz que desde pequeno sempre soube que homem ele pretendia ser.

Passo rapidamente por outros canais, desligo a TV, vou à cozinha, pego uma cerveja, volto à sala, entro no messenger e começo a conversar com uma garota, blá, blá, blá, pergunto se ela gosta de sexo anal, ela responde: só quando estou com muito tesão, pergunto qual sua prática sexual preferida, ela responde: acho que oral, pergunto se ela gosta que os caras gozem em sua boca, ela responde: gosto muito, mas não dá pra fazer isso com qualquer um, pergunto se ela já transou com mulher, ela responde: já, pergunto se ela gostou, ela responde: gostei, eu me excito com mulher, mas homem para mim é indispensável, pergunto se ela curte bondage, ela responde: de leve, pergunto se ela tem facilidade pra gozar, ela responde: acho que sim, pergunto se por acaso estou fazendo muitas perguntas e ficando mala, ela responde: kkkkkkkk, não, tudo bem.

Desligo o computador e vou tomar banho.
Entro no chuveiro, me ensaboo, tenho uma ereção e começo a me masturbar.
Penso numa garota peituda que conheci no Asia 70, em 2006.
Numa professora de pilates que tinha uma frase em russo tatuada na panturrilha.
Numa advogada de cabelos curtos que insistia que não era alcoólatra e que adorava demonstrar o quanto era resistente à bebida.
Penso em várias mulheres com quem já estive, tento me concentrar nessas recordações, mas todas elas se mostram evanescentes.

Desisto de me masturbar.
"Desisto de me masturbar." Isso é realmente espantoso.
Na verdade acho que já faz um bom tempo que venho me sentindo tão sexuado quanto... quanto um Teletubby.

Termino o banho, me seco, escovo os dentes, vou para o quarto, boto uma cueca e uma camiseta, me deito e, enquanto espero ser tomado pelo sono, penso sobre o que aquele rapaz falou no American Idol.
Penso nas pessoas que eu já quis ser, pessoas que eu, ao fechar os olhos, eu imaginava nitidamente fazendo minhas caretas e meus esgares faciais.
Eu já quis ser o John Lennon, o Nelson Piquet, o Antonio Fagundes, o Bruce Willis, o Paul McCartney, o Roger do Ultraje a

Rigor, o Sam Shepard, o Simon Le Bon, o Marcelo Rubens Paiva, etc., etc., etc.

Não sei se aquele garoto vai ganhar a competição.

Mas ter dezessete – dezoito? – anos e saber exatamente que homem ele pretende ser, uau, eu diria que esse rapaz já tem tudo, absolutamente tudo de que um homem precisa.

Vala Comum

Seu cabelo, preso num elástico, era um pêndulo macio que lhe varria a nuca.

Descemos aquela escadaria com cheiro de mijo na Cardeal Arcoverde, enquanto o sol da manhã corrompia os personagens que tínhamos sido na noite anterior, forçando nós dois ao domingo e seus letargias obrigatórias.

Foi quando eu disse que queria me casar com você.

Você deu risada e me respondeu que eu não devia brincar com essas coisas.

Mas eu não estou brincando, respondi.

Está, sim, você disse.

Atravessamos todo o quarteirão do cemitério em silêncio.

Acho que fui pensando, enquanto caminhava, em minhas emoções disformes, emoções que foram divorciadas das histórias que as originaram, histórias que desmontei, que esmiucei, que desconstruí, que triturei, que reinterpretei e que, na maioria das vezes, me empenhei em esquecer.

Pensei também que já faz tempo demais que deixei de perguntar aos outros qualquer coisa a meu próprio respeito. (E que as implicações disso são muito, muito mais fundas do que podem parecer num primeiro instante.)

Acho que você está certa, eu disse. Não seria mesmo bom se a gente se casasse.

Minha memória é uma espécie de cemitério, escasso de datas e nomes, repleto de valas comuns.

Três Mulheres

Ela tem um triângulo com uma letra do alfabeto hebraico tatuado na nuca e está pedindo que eu goze em sua boca.

Não entendi bem se ela é assessora de imprensa, publicitária ou relações públicas. Ela me disse agora há pouco, no evento em que fomos apresentados, que seu namorado é um estudioso da cabala, que uma época ela também se interessou pelo assunto e até pensou em se converter ao judaísmo.

Sinto a pele de minha perna em contato com a superfície plástica do colchão – o lençol escapou, transformando-se numa pequena cadeia montanhosa feita de pano, isso já aconteceu outras vezes neste mesmo motel – e gozar ou não na boca dessa garota terá de passar por uma decisão racional minha.

Às vezes isso vira peça de chantagem.

Que nem aquela editora de uma revista de moda que tinha o braço esquerdo coberto com uma tatuagem com motivos florais, ela fez esse mesmo pedido, eu topei, depois ela me azucrinou durante umas duas semanas, dando a entender que sua concessão fora exagerada e que eu precisava, de alguma modo, pagar por ela.

Ela é atriz e é uma das mulheres mais bonitas que já vi.

Não gosto de sua conversa, suas fofocas sobre o pessoal com quem ela convive na TV, suas pretensões intelectuais, seus quase dez anos de análise, seus traumas supostamente causados por uma figura paterna ausente (incrível, nove entre dez mulheres se dizem traumatizadas por um pai ausente), suas duas tentativas de suicídio, seu consumo de drogas, sua bissexualidade, sua fama de vagabunda e os dias em que ela resolve ficar magoada com isso. Mas ela é realmente bonita e isso talvez compense todo o resto.

Ela, que tem o glifo de seu signo, câncer, tatuado no cóccix, sempre pede que eu lhe bata quando vamos para a cama. E eu sempre lhe digo que não, que não acho certo.

Ela vem falar comigo num café no shopping. Pergunta se estou triste, diz que meu ar está acabrunhado.

Respondo que, bem, que a vida às vezes dá umas rasteiras na gente, mas que as coisas são assim mesmo.

Ela concorda, sorrindo.

Tento imaginar como ela descobriu que eu tenho grana. Não estou usando nenhuma roupa de marca, estou sem relógio, meu cabelo está parecendo um ninho de rato.

Penso em lhe oferecer o dinheiro do programa apenas para que ela me responda isso.

Sexo é Coisa do Diabo

Eu tenho duas namoradas.

Uma tem 49 anos, usa cabelos curtos, pintados em casa mesmo, e na cena em que costumo evocá-la ela está lavando o banheiro de seu apartamento, usando apenas calcinha e sutiã.

Minha namorada de 49 anos não gosta que eu enfie o dedo no seu cu enquanto transamos. Porém, eventualmente, ela gosta de sexo anal.

A cena tem cores pálidas, opacas, o que acho que tem a ver com o apartamento dela, um apartamento em Pinheiros que foi construído na década de 1960.

Minha outra namorada tem 28 anos, também usa cabelos curtos, mas os tinge num salão. Na cena em que costumo evocá-la ela está vestida de noiva, bebendo champanhe direto do gargalo, esparramada numa bergère, sem calcinha, se masturbando enquanto vê um filme pornô.

Minha namorada de 28 anos gosta que eu enfie o dedo no seu cu, mas acha extremamente desconfortável e desprazerosa a sodomia passiva propriamente dita.

A cena da minha namorada de 28 anos tem cores feéricas, o que acho que tem a ver com o apartamento dela, um apartamento em Alto de Santana que foi construído em 2003.

O gozo que tenho com minha namorada de 49 anos faz eu me esquecer de mim mesmo, sinto como se estivesse me dissolvendo numa poça de líquido amniótico, gestação ao contrário, fundo melancólico de tarde nublada, de férias de julho, vivência oceânica do doutor Sigmund Freud, etc., etc., o tipo de atração que me une à minha namorada de 49 anos seria perigoso se ela não fosse uma mulher com o caráter e os bons princípios que ela tem – seria perigoso porque o tipo de atração que me une a ela apaga demais os contornos da minha personalidade.

Já o gozo que tenho com minha namorada de 28 anos me dá uma sensação de onipotência, eu sinto como se estivesse dando um berro no alto de uma montanha.

É claro que essa situação não poderia perdurar indefinidamente.

A cagada acabou de acontecer – minhas duas namoradas descobriram a existência uma da outra.

E a de 28 está me esperando lá no meu apartamento.

O que eu faço?

E se eu levasse um engolidor de giletes comigo?

Uma vez li um teólogo medieval que dizia que Deus criou o infinito, e que o diabo, cheio de inveja, acabou inventando sua paródia, a infinitude.

O infinito, criação de Deus, é estático e consumado, ao contrário de sua imitação demoníaca, que funciona como uma proliferação incessante que jamais irá chegar a um termo.

Uma namorada enfurecida tem algo de demoníaco, uma namorada enfurecida é uma matriz de proliferação incessante de possibilidades, todas aflitivas e ruins, o que ela fará comigo?, de que maneira ela vai tentar destruir minha vida?, que humilhação está me aguardando?, até quando estarei à mercê de suas acusações?, que lado pavoroso da personalidade dela esta situação que criei irá despertar?, e por aí vai.

Como eu tenho duas namoradas, tenho duas matrizes de proliferações incessantes de possibilidades, todas aflitivas e ruins.

Na real?

As duas vão encher bastante o meu saco por um tempo, mas não vão criar nenhuma situação irreversível, como me matar ou mutilar.

Medeia – aquela doida que mata os próprios filhos pra sacanear o marido – é coisa de teatro grego mesmo, e só.

Um amigo uma época se meteu com uma desequilibrada que começou a ligar pra ele dizendo que tinha feito macumba pra ele ficar broxa, que ia cortar o pau dele e enfiar no moedor de carne, aí foi só um delegado bater um papinho com ela, pelo telefone mesmo, que a mulher nunca mais deu um pio.

Minhas duas namoradas prezam demais a boa vida que elas têm para cogitarem qualquer coisa radical contra mim. O negócio é eu aguentar as pontas até que as duas desistam de me atormentar.

Acho que preciso tomar uma dose de Rivotril.

Estava pensado aqui, acho que a época mais feliz da minha vida foram os seis meses que antecederam meu exame para a OSESP, quando eu me tranquei sozinho num condomínio em Itu e ficava estudando, em média, oito horas por dia.

Assoprar minha flauta durante todo esse tempo, com o corpo funcionando à base de betabloqueadores, acabou gerando um estado psíquico em que tudo passou a ser digno de minha atenção e concentração – eu podia tanto passar quatro horas tocando incessantemente um único compasso de Syrinx, de Debussy, quanto podia passar duas horas deitado no sofá, observando uma embalagem de Tang.

Transar com a Maria Fernanda Cândido ou tomar um Nescafé feito com água esquentada no micro-ondas seriam – juro por Deus – opções equivalentes.

Minha namorada na época, quando eu lhe pedi uma pausa de seis meses em nosso namoro para fazer esse estudo intensivo, ficou, é claro, enfurecida e, depois de despejar em meus ouvidos toneladas de besteiras, disse finalmente uma coisa bastante sensata e precisa, "Seu problema, Eduardo", ela disse, "seu problema é que você realmente acha que pode controlar a realidade."

Minha namorada de 28 anos – a que neste exato instante está me esperando lá no meu apartamento – é vagamente bissexual.

Às vezes ela gosta de ser acariciada por outra mulher – gosta de beijar e gosta de ser chupada. Ela até chupa, mas parece não curtir genuinamente a coisa.

Uma vez transamos a três.

Foi legal. Imitamos direitinho aquelas coisas todas que costumamos ver em filmes de sacanagem.

Minha namorada de 49 anos perdeu a virgindade aos 26, com seu primeiro e único marido, e transou apenas com ele até se separar, aos 37. Depois disso, teve 15 parceiros sexuais.

Minha namorada de 28 anos já transou com 74 homens e 6 mulheres diferentes.

Sim, eu ter me metido ao mesmo tempo com duas mulheres foi confiar demais na minha capacidade de manter a realidade sob rédeas curtas.

Quer saber? Eu estou completamente enjoado de falar sobre sexo.

(Já fiz as contas: quando fui casado, passei aproximadamente 1.400 horas tendo conversas tensas e eventualmente ríspidas com minha ex-mulher. O assunto, explícito ou implícito, era sempre sexo.)

Sexo é uma redundância inesgotável. Sexo é uma proliferação incessante de possibilidades, grande parte delas aflitivas e ruins, o inferno é a piranha da Molly Bloom recitando perpetuamente seu histérico monólogo, uma proliferação incessante que jamais chegará a um termo ou a algo pleno, acabado, coeso, perfeito, você já imaginou o Sílvio Santos comendo a Íris Abravanel?, você já imaginou quantas vezes essa cena se repetiu, o Sílvio Santos comendo a Íris Abravanel, o Sílvio Santos comendo a Íris Abravanel, o Sílvio Santos comendo a Íris Abravanel, o Sílvio Santos comendo a Íris Abravanel, o Sílvio Santos comendo a Íris Abravanel, o Sílvio Santos comendo a Íris Abravanel, o Sílvio Santos comendo a Íris Abravanel, o Sílvio Santos comendo a Íris Abravanel, o Sílvio Santos comendo a Íris Abravanel, o Sílvio Santos comendo a Íris Abravanel?, sabe, eu gostaria de poder dizer chega, e gostaria que isso tivesse algum impacto sobre a realidade, eu gostaria de cessar todo esse tumulto vital, eu gostaria de ter um nirvana em gotas e gostaria de cometer um suicídio perfeito com ele, nada daquelas porras de vale dos suicidas e de nascer retardado na próxima encarnação, nada de ir para o inferno, nada disso, eu gostaria de simplesmente poder decidir, de modo arbitrário, que esse fluxo de infinitudes iria terminar, assim, de repente, como uma frase que é abandonada ao meio porque

Eu Fumo Marlboro de Caixa

Eu fumo Marlboro de caixa, cinco, seis cigarros por dia. O Tob fuma Hollywood. O Marcelão, Galaxy Slims, que ele rouba dos pacotes da mãe.

Moramos numa vila entre a Rua Tutoia e o quartel. Fumamos escondidos, quase sempre em frente à casa do Viana.

O Viana já reclamou várias vezes conosco, dizendo pra gente ir fazer nossa fumaceira nojenta em outro lugar.

Guardo meus cigarros numa velha caixa da Adidas, atada com elástico, que fica na parte de cima do meu guarda roupa. A probabilidade de alguém mexer nessa caixa é quase zero.

Não sei onde o Tob e o Marcelão escondem os seus. Os pais do Tob, que são daquele troço lá, logosofia, parece que detestam cigarro.

Eu adoro. Desde os quatro anos eu tinha vontade de fumar.

O Marcelão chega e me fala, cara, você viu o que aquele filho-da-puta do Viana fez?

Ilmos. srs, venho por meio desta informar que seus filhos há tempos vêm fumando cigarros nas imediações de minha casa. Sou alérgico à fumaça, tenho severas crises respiratórias quando a inalo, mesmo em porções mínimas. Contando com a compreensão, solidariedade e tomada de providências de V. Sas., cordialmente me despeço, Temístocles Viana.

O Tob e o Marcelão estão pensando em ir falar com o Milton Maloca, um vizinho nosso que anda com uma turma que rouba toca-fitas de carro. Eles querem arranjar uns caras pra dar uma surra no Viana.

Dizem que o Milton Maloca, além de ser ladrão, ganha dinheiro transando com bichas. Uma época ele apareceu dirigindo um MP Lafer. Disseram que o carro era de um cabeleireiro que costuma pegar garotos lá no fliperama do Piauí.

Digo a meus amigos, vocês estão loucos? O Milton é bandido, vocês sabem o que significa dever favor a um cara desses?

Vou ao Jack in the Box da Augusta com meu irmão Sérgio. Ele veio de São Carlos para passar o fim-de-semana.

Sérgio me pergunta como andam meus namoros.

Digo que namorei um tempo a Cris, uma colega de classe, mas que aí encheu o saco, que a menina não deixava direito eu nem passar a mão nos peitos dela.

Eu sei como é que é, ele diz, rindo.

Dou um gole na minha Pepsi.

Meu irmão então me diz que, quando chegar minha época, tenho que dar um jeito de ir fazer faculdade no interior.

Que é muito legal, que eu nem imagino, que essas frescuras todas, essas mininhas cheias de quás-quás-quás, que quando elas vão pra faculdade, ainda mais pra faculdade longe de casa, putz, que aí não tem mais conversa, que todas elas passam a dar. Todas, sem exceção.

Mastigamos mais um pouco nossos sanduíches, aí meu irmão me pergunta se estou mesmo fumando, que a mamãe veio contar pra ele, toda cheia de alarmismo.

Estou, respondo.

Conto o episódio todo, a carta que o Viana escreveu, o Tob e Celão querendo falar com o Milton Maloca, etc., etc.

Meu irmão diz que o Viana é foda mesmo, que ele sempre foi cuzão, dedo-duro, babaca, que o problema dele é que ele é um viadinho enrustido e amargurado, amargurado porque sabe que nunca vai ter coragem de se assumir, que então ele precisa gastar a pilha dele toda em maledicência, em implicância, em comentariozinho venenoso, ou então fazendo aqueles questionamentos filosóficos lá, qual o sentido da vida? qual o tamanho do universo?, enchendo nossa cabeça com essas bostas.

Estamos rodando de carro pela Pompéia. É a quarta vez que passamos por esse mesmo trecho da Rua Wanderley – trecho onde mora a Fiorella, uma garota por quem o Sérgio foi apaixonado na adolescência.

Estou pensando no quanto estou de saco cheio.

Estou de saco cheio de jogar fliperama, de saco cheio de ir zoar com as putas na Rua Augusta, de saco cheio da minha bicicleta Peugeot com câmbio Shimano de quinze marchas, de saco cheio de meninas que regulam os peitos, estou pensando que estou de saco cheio de quase tudo, mas que, se eu tiver mais um pouco de paciência, se eu aguentar aí só mais uns dois anos, eu vou estudar engenharia em São Carlos que nem meu irmão Sérgio, aí eu vou ter um monte de mulher pra meter (nossa, deve ser um pesadelo um cara começar a notar que é gay) e tudo, tudo, tudo na minha vida vai ser muito diferente do que foi até agora.

Café e Gasolina

Minha namorada é daquele tipo que diz coisas como, quando Deus me criou, mandou eu descer e arrasar, etc., etc.

Estamos na recepção de uma escola na Vila Madalena onde mulheres das classes A, AA e AAA podem ter aulas práticas de strip-tease, pompoarismo e sexo oral.

Não que minha namorada precise aprender alguma coisa sobre esses assuntos. Ela é jornalista e está fazendo uma reportagem sobre esse lugar.

A proprietária vem nos receber.

Conversamos um pouco, então que ela me diz, com educação, mas com uma espécie de triunfalismo revanchista, que homens não são admitidos nas dependências internas da escola.

Combino com a Amanda de voltar em uma hora e meia.

Saio para a rua e percorro dois ou três quarteirões procurando um café onde me sentar e matar o tempo. Encontro apenas uma clínica de ortopedia, toco seu interfone e a porta é aberta.

Não há ninguém na sala de espera, vou então à recepcionista e lhe digo, bem, lhe digo que não tenho hora marcada, digo que na verdade eu só queria tomar um café, mas que não achei nenhum lugar onde tomar, que sei que consultórios médicos costumam ter máquinas de café ou, pelo menos, garrafas térmicas com café dentro, tenho receio de que ela me julgue maluco ou que pense que sou um assaltante, mas ela sorri e me aponta uma cafeteira num canto da sala.

Aperto um botão da máquina e ela emite um barulho que me faz pensar nas palavras pressão, aspereza e – não sei por que esta última – esganadura. A recepcionista me diz que o açúcar e o adoçante estão num tupperware ali ao lado.

(Como é que uma confiança imediata pode se estabelecer entre duas pessoas que nunca se viram antes?)

Me coloco em frente à sua mesa e fico ali, tomando meu café e papeando um pouco. Ela, que se chama Liege, me conta que faz letras na USP no período noturno. Eu digo, legal, eu tenho um posto de gasolina. Ela diz, sério?, que bacana!, e então me conta que quando era criança morava num prédio ao lado de um posto de gasolina e que adorava o cheiro que ficava impregnado no ar.

Termino o café e digo, bem, eu preciso ir.

Ok, ela diz.

Hesito um pouco, mas acabo dizendo, olha, eu gostei de você e quero te ver de novo. Pode ser?

Ela rasga uma folha, anota seu telefone e me passa.

Saio para a Rua Wizard. Estou me sentindo eufórico como não me sentia há seis anos – mais precisamente, desde o dia 28 de agosto de 2004.

Estamos num motel. Acabei de voltar do banheiro, onde tirei a camisinha e tomei uma ducha rápida.

Me conte um segredo seu, Liege me pede, depois de eu me deitar novamente a seu lado.

Penso um pouco e confesso um segredo irrelevante, embora pitoresco.

Jura?, ela diz, rindo.

Juro, digo, rindo também.

Rompo o namoro com Amanda, aquela garota que diz coisas como, quando Deus me fez, etc., etc.

Claro, ela fica puta da vida. Me chama de nazista desgraçado, diz que eu sou como todos os *goyim*, essa cambada de filhos-da-puta, todos aparentemente tão interessados no judaísmo, todos leitores do Saul Bellow e do Philip Roth, todos tão civilizados, mas que no fundo dessa curiosidade toda há apenas ódio, ódio dissimulado, que o Ahmadinejad é um docinho de coco comparado com a gente, que ele pelo menos ele não dá margem a qualquer dúvida, dizendo a quem quiser ouvir que pretende riscar Israel do mapa, mas que a gente, esse bando de escrotos e de enrustidos, que a gente acha mesmo que o judeu não passa do usurário de nariz adunco, que eu quase tive um orgasmo quando li a notícia de que o Henry Sobel havia sido preso em Miami roubando gravatas, há, há, teu sangue não nega, judeuzinho pilantra, não foi exatamente isso que você pensou, hem, não foi?

Você está completamente louca, respondo.

Me caso com a Liege no dia 18 de maio de 2012.

Nossa filha nasce em 9 de fevereiro de 2014.

Minha sogra morre dia 26 de dezembro de 2015.

Traio Liege pela primeira vez em 11 de março de 2016.

Descubro, em 2 de julho de 2017, que Amanda, aquela namorada que dizia, quando Deus me criou, etc., descubro que ela morreu num acidente de carro no dia 29 de abril de 2015.

Vou visitar seu túmulo. Leio seu nome, Amanda Miranda Janovitz, 1983 – 2015.

Tento fazer intimamente alguma prece, proferir algum pedido de desculpas, mas então sou dominado pelo pensamento de que seu espírito vai aparecer e ela vai jogar em mim todas aquelas pedrinhas que estão sobre a sua lápide, enquanto me xinga de escroto, de filho-da-puta, de cafajeste.

A cena, não sei explicar por que, me arrepia, embora me divirta ao mesmo tempo – é como se o espírito dela de fato estivesse ali, presente, e que a intenção dela fosse claramente essa, me atirar todas aquelas pedras.

Rio um pouco, mas então volto a me concentrar em alguma coisa dentro de mim que pode ser chamada de culpa, arrependimento ou remorso, e digo assim à Amanda, Amanda, olha, eu não sei se isso pode te servir de consolo, mas tudo, tudo, tudo é a mesma merda, sempre.

Nunca Ter Feito Parte, Nunca Mais Vir a Fazer Parte

Eu e meus irmãos estamos na Rua Alagoas. Acabamos de atravessá-la e nos dirigimos à entrada da Faap.

Noto o escasso movimento de pessoas e demoro um pouco para me dar conta de que já estamos em dezembro, e que o ano letivo terminou.

Vejo apenas um ou outro aluno, como uma garota alta e loira que passa por nós com aquele ar de quem sabe que está sendo admirada, mas que finge não saber.

Tiro um chiclete do bolso e começo a mascá-lo, enquanto o Marcelo se aproxima da guarita, diz boa-noite ao porteiro e avisa que precisa entregar uns documentos no departamento de pós-graduação.

Entramos no campus, um dos seguranças nos observa e diz alguma coisa em seu walkie-talkie, passamos por um saguão repleto de esculturas e vidros coloridos, descemos dois lances de escada e saímos num pátio onde vejo o rosto da Glória Menezes estampado num cartaz.

Chá de camomila, Rafael diz, distraído.

Chá de camomila. Quanto era mesmo que o sujeito lá cobrava?, Marcelo pergunta a Rafael.

Quatrocentos mangos. Uma garrafinha de nada, cara. Quatrocentas pilas por uma porra de uma garrafinha, tipo Dan'Up, cheia de chá de camomila dentro.

Dan'Up, eu repito.

Subimos três andares de um prédio e chegamos ao departamento de pós-graduação, onde uma moça nos atende, verifica os documentos que o Marcelo trouxe e anota alguma coisa num papel.

Reparo numa outra funcionária, ruiva, com aparelho fixo nos dentes, talvez mais sensual do que propriamente bonita, que está falando ao telefone.

Me imagino transando com ela, mas a coisa é mecânica demais, crua demais, genital demais.

Atribuo tudo isso, não sei bem por que, ao fato de ela ter mais de trinta anos e ainda usar aparelho nos dentes.

Saímos da Faap, descemos o restante da Rua Alagoas e paramos num semáforo.

Parece que foi ontem, digo.

O quê?, Marcelo me pergunta, botando o carro em movimento e virando à esquerda na Praça Charles Miller.

O dia em que fui fazer matrícula na faculdade. Oito anos, já.

É, ele diz.

Oito anos, repito, absorto.

Rafael, se olhando no espelho do quebra-sol, tenta espremer uma espinha que surgiu em sua testa. Pergunto ao Marcelo, quanto tempo vai durar essa pós sua?

Hum. Acho que um ano, um ano e meio. Por aí.

Cara, minha pele está uma droga, Rafael diz.

Se você continuar cutucando o rosto só vai piorar, Marcelo diz, reduzindo a marcha do carro para conseguir torque.

Chocolate, chocolate detona completamente a pele, Rafael responde, fechando o quebra-sol. A merda é ter uma festa justamente amanhã, com essa pele fodida.

Você já foi pegar a fantasia?, pergunto.

Não, ainda não.

Paramos no sinal do cruzamento com a Doutor Arnaldo. Observo do outro lado da avenida a inscrição, *Você Vai ao Velório? Estacione Aqui*. Comento com meus irmãos que tem alguma coisa esquisita naquela frase, escrita num muro.

Estacione pro velório. É, tá estranho mesmo, diz Marcelo, rindo.

Seria o mesmo que... escrever na fachada de um motel uma frase como *venha dar uma trepadinha*, não seria?, Rafael diz, virando a cabeça para mim.

É. Pode ser, digo.

Cruzamos os Jardins pela Rua da Consolação, que está toda enfeitada com luzes natalinas.

Um manobrista tira uma fina de nós com um Audi A6, abro minha janela, jogo fora o chiclete.

Rafael comenta alguma coisa sobre a fantasia de Dick Vigarista ser de cetim e que provavelmente ela vai esquentar bastante na festa.

Marcelo atende uma chamada da Cris, sua namorada, e diz que estará em casa em dez minutos.

Atravessamos o Jardim Europa sem dizer nada, a não ser quando o Rafael aponta para uma casa e pergunta se aquela é a casa do Naji Nahas.

Estamos no terraço do nosso prédio.

Sem forçar muito os olhos, consigo ver no relógio do Conjunto Nacional que já são duas e dezessete da manhã.

Marcelo e Rafael fumam cigarrilhas Jewels, cujo cheiro não chega a me desagradar.

Bebo a terceira lata de Bohemia.

Sabe, ter ido hoje até à Faap me bodeou um pouco, digo.

Por quê?, Rafael me pergunta.

Por quê? Não sei dizer direito. Esse ambiente de faculdade. Eu acho uma merda esse ambiente de faculdade.

É, é meio desânimo, mesmo.

Marcelo vira-se para mim e diz, mordendo a piteira da cigarrilha, hum, acho que senti isso quando fui pegar meu histórico lá na PUC.

Bode?, pergunto.

Hum-hum.

É, é estranho voltar num lugar onde você passou o maior tempão, conheceu gente, viveu um monte de coisas, e perceber que não faz mais parte de nada daquilo, Marcelo complementa.

Dou um gole na cerveja e fico com os olhos parados na direção de um prédio.

Rafael senta sobre uma das saliências do chão de cimento e recosta-se na mureta.

Faço um cálculo de que seis por cento das janelas do tal prédio estão iluminadas.

Engraçado..., começo a dizer, um pouco hesitante. Quando eu passo em frente ao Mackenzie, sempre tento evocar alguma coisa, alguma lembrança significativa, mas não consigo sentir nada em relação àquele lugar. É como se... como se eu nunca tivesse botado meus pés lá dentro.

Hum-hum. É foda, Marcelo diz, num tom cuja neutralidade denota incompreensão ou indiferença ao que eu disse.

É. É foda, Rafael repete, mecanicamente.

Não fazer mais parte. Nunca ter feito parte. Nunca mais poder vir a fazer parte.

Uma moto passa na rua, dou outro gole na cerveja, noto que ela já não está tão gelada e, pensando em dizer mais coisas a respeito dessa sensação de vazio, me dou conta de que vou acabar ficando chato, expletivo, obscuro.

Rafael, erguendo-se do chão, traga a cigarrilha e expele a fumaça, fazendo barulho de assopro.

Observo a nuvem de fumo se dissipar e então, sem mais nem menos, ele me pergunta, e aquela menina lá do Mackenzie que você namorou?

Menina?

É, aquela que praticava... arco-e-flecha, esgrima, sei lá, ele diz, dirigindo-se ao canto do terraço onde costumamos urinar.

Nossa, cara, olha o que você foi tirar do baú.

Foi ela que casou com um japa, não foi?, Marcelo me pergunta.

Parece que sim. Não tenho certeza, digo.

Me agacho para amarrar os sapatos, pensando no encontro casual que tivemos em abril, em seu nome de casada, Daniela Macedo Nakashima, estampado no crachá do Banco Bilbao Vizcaya.

Rafael, urinando contra a parede em que fica a porta de ferro que dá acesso aqui ao terraço, cantarola um trecho de *California über alles* e então me vem de novo à cabeça aquela notícia que passou hoje no *Jornal Nacional*, sobre um charlatão que foi preso vendendo chá de camomila dizendo ser uma fórmula secreta do Chico Xavier capaz de curar até câncer.

Qual a diferença entre charlatanismo e curandeirismo?, pergunto ao Rafael.

Hum... Charlatanismo é prometer cura por meio secreto ou infalível. Curandeirismo... curandeirismo... não lembro como curandeirismo está descrito no código.

Marcelo solta um riso curto e sarcástico e diz, quatrocentos reais por uma garrafinha com chá de camomila. Incrível como tem nego que cai em qualquer esparrela, em qualquer conto-do-vigário.

Desespero, cara, um sujeito desesperado, fodido, com câncer, apela pra qualquer coisa, Rafael diz, terminando de urinar, fechando as calças e se aproximando de novo de nós.

É, e o que não falta é filho da puta pronto pra explorar o desespero alheio, complementa Marcelo.

Imagino o Chico Xavier, fantasiado de Dick Vigarista, anunciando na TV um emplastro milagroso.

Fórmula secreta do Chico Xavier, murmuro, e rio um pouco.

Marcelo dá uns passos a esmo e o acompanho.

À nossa frente vemos um prédio em construção que, para minha surpresa, já ultrapassou a altura do nosso.

Gomes de Almeida Fernandes, Marcelo diz.

Hum. Uma loira está na primeira classe de um avião que está indo para Nova York, Rafael começa a dizer.

É piada, isso?, Marcelo pergunta.

É.

Puta merda.

É boa, vai, deixa eu contar.

Tá bom. Manda.

Então, uma loira está na primeira classe de um avião que está indo para Nova York. Só que ela tinha comprado passagem de classe econômica. Aí a comissária de bordo chega na loira e diz, "Minha senhora, aqui é a primeira classe, a senhora não pode ficar". Aí a loira responde, "Eu sou loira, eu sou bonita, eu estou indo para Nova York e não vou sair". Passam cinco minutos e a comissária de bordo vai falar com a loira de novo, "Minha senhora, aqui é a primeira classe, e tal, e tal". E a loira responde a mesma coisa, "Eu sou loira, eu sou bonita, eu estou indo para Nova York e não vou sair". Aí a comissária vai falar com o comandante, explica o que está acontecendo. Aí o comandante sai da cabine, chega na loira, cochicha alguma coisa no ouvido dela e ela imediatamente se levanta e vai para a classe econômica. Aí a comissária diz pro comandante, "Puxa, como é que você fez pra convencê-la?". E o comandante diz, "Moleza. Eu disse que a primeira classe não estava indo para Nova York".

Marcelo solta um riso curto, nasal.

É boa, vai, Rafael diz.

Hum. Tá, é razoável, Marcelo responde.

Respiro fundo e, sem nada mais inteligente para falar, começo a repetir o velho clichê de como o ano passou depressa, de como ainda ontem estávamos em fevereiro, de como nem percebi crescer o prédio em frente ao nosso, falo do inverno rigoroso que passamos e da estiagem que quase secou a Billings e coisas desse tipo que costumamos dizer quando um ano está chegando ao fim.

Marcelo, concordando com tudo que eu digo, vê as horas e diz que terminando a cigarrilha ele vai descer.

Rafael diz o mesmo e então me apresso em matar o restante da cerveja, no fundo tentado a passar a noite ali no terraço, sozinho, refletindo um pouco sobre algumas coisas a meu próprio respeito.

Olhando Para o Teto

O 167 é o número que está no painel. Minha senha é 0225.
Um sujeito entra no laboratório, fala com a recepcionista, lhe mostra um papel, a recepcionista digita algo no computador e diz que ele pode se sentar e aguardar. O sujeito está usando uma camiseta preta com o rótulo do uísque Jack Daniel's, só que no lugar do nome da bebida está escrita a palavra Jesus Christ.

O número 0225 pisca no painel, me levanto e vou à cabine indicada, onde uma enfermeira surpreendentemente bonita tira meu sangue. Pergunto se muita gente desmaia ali, tirando sangue, ela responde, ô.

Saio do laboratório.

Achei ontem no YouTube um depoimento de uma ex-namorada dizendo como o chá do Santo Daime transformou sua vida – que, depois de tomá-lo, ela "percebeu o quanto era intimamente conectada com todos os aspectos da Criação".

A gente se separou quando ela começou a frequentar essa igreja.

Será que todo mundo que começa a tomar alucinógeno perde o senso de humor?, eu lhe disse, numa vez em que ela se mostrou desproporcionalmente ofendida com uma piada que fiz.

Daime não é alucinógeno, é enteógeno, ela disse.

Passei então a ser sistematicamente acusado por ela de ser egoísta, depravado, superficial e arrogante. Ela me disse que, se eu tivesse a humildade de tomar o chá, iria perceber o quanto estava enganado ao achar que meu umbigo era o centro do universo.

Que se eu tomasse iria me livrar de minhas neuroses todas.

Etc. Etc.

Etc.

Eu gosto das minhas neuroses, respondi.

Estou no escritório. Meu sócio diz alguma coisa sobre o caso do Salatiel, um cara que caiu no golpe manjado da prostituta menor de idade que tenta tirar uma grana do cliente ameaçando denunciá-lo como corruptor.

Nosso escritório está sobrevivendo só desses caraminguás, zeladores que metem o condomínio no pau, vigaristas que alegam união estável para tentar arrancar pensão de algum otário, divórcios, despejos, termos circunstanciados por posse de entorpecentes, tudo coisa de pé-de-chinelo.

Eu e o Jaime nos formamos juntos, na PUC, em 2003. Parecíamos então uma dupla imbatível – ele, cheio de charme, contatos mundanos, dinheiro, esquemas, amigos, amigos e mais amigos que encheriam nosso escritório de trabalho, e eu, o jovem advogado brilhante, membro do Mensa, 167 de QI.

Tá tudo bem?, Jaime me pergunta.

Tá, sim. Por quê?

Você tá meio pálido.

Ah, acho que é o jejum. Fui tirar sangue hoje de manhã.

Porra, e você não comeu nada ainda?

Comi, comi, sim.

Jaime fica olhando, meio desconfiado, pro meu rosto. Sei que ele vem pensando em romper a sociedade, ou pelo menos em reduzir minha porcentagem nela. Eu percebo direitinho, por sinais sutis, quando uma pessoa está querendo roer a corda.

Jaime vai visitar um cliente, trabalho até meio-dia e meia, saio para almoçar, volto ao escritório e escrevo um e-mail:

Oi, Sandra. Olha, não sei se esse é o melhor meio de fazer isso, mas o fato é que eu acho, sinceramente, que tudo está acabado entre nós. Faz tempo que as coisas não vêm funcionando e você sabe disso. Eu te peço que aceite esse fato sem discuti-lo. Não estou a fim de que a gente tenha conversas desgastantes que não vão nos levar a lugar nenhum.

Olá, Sandra. Estive pensando em nossas últimas conversas (especialmente aquela última, depois do teatro), e, ao que me parece, as coisas não estão rolando mais entre nós. Você própria, por várias coisas que já disse, parece compartilhar dessa minha opinião. Posso propor algo? Vamos dar um tempo, vamos ficar um tempo cada um na sua

Sandra, olha, pensando em como nossa relação vem se mostrando nos últimos meses, acho melhor a gente acabar. Estou tendo problemas sérios com o Jaime aqui no escritório, minha fase não está das

e você sabe disso. Eu te peço que aceite esse fato, simplesmente o aceite. Vivemos coisas importantes juntos, claro, mas

ver você, hoje, me dá tanto prazer quanto ver a Ana Maria Braga conversando com o Loro José na TV

sua artistinha de merda, sua prepotentezinha metida a bicho-grilo desprendida de bens materiais, eu sempre achei seus quadros um monte de lixo, mas fui condescendente porque estava com tesão, sabe, tesão por seu rabo enfiado naquelas calças apertadas e por sua boceta com aquele piercing

sua presunçosa, fica aí, afetando ares de bicho-grilo desapegada de bens materiais só pra fazer média com aquele bando de vagabundos com quem você enche a cara na Vila Madalena

Sandra, eu venho pensando bastante sobre nós, em como nossa relação vem se desgastando e no quanto já se desgastou. Sinceramente? Acho melhor a gente acabar. Antes de mais nada, me desculpa por dizer isso por e-mail

me desculpa se por acaso lhe parecer que eu abordar esse assunto por e-mail indica falta de consideração

Sandra: vá se foder

Chego ao meu prédio e digo ao porteiro que se aquela garota que às vezes vem aqui aparecer não é para deixá-la entrar, de jeito nenhum.

Subo, desligo meu celular, tomo um banho, esquento a comida, janto, lavo a louça, me jogo no sofá e vejo um pouco de TV.

O interfone toca.

Me levanto e vou à cozinha atendê-lo.

O porteiro diz que o síndico mandou avisar que amanhã vai faltar água das 10 da manhã às 4 da tarde.

Agradeço pela informação.

Volto à sala, resolvo ir ao quarto pegar uns livros, me jogo de novo no sofá, leio durante uma hora e começo a ficar com sono.

Largo o livro, me coloco numa posição mais cômoda e fico olhando para o teto.

Me agrada ficar deitado, sem fazer nada, simplesmente olhando para o teto da sala do meu apartamento.

Eu tenho a sensação de que, se a gente olhar bastante para coisas como a superfície monótona de uma parede, o aglomerado monótono de carros num congestionamento, a proliferação monótona de palavras impressas na página de um jornal, eu tenho a sensação de que, se a gente olhar bastante para coisas como essas, coisas pelas quais nossos olhos simplesmente deslizam, pois não há pontos onde se deter, não há pontos de tensão em que a gente possa se fixar, eu tenho a sensação de que, se a gente olhar o suficiente para essas coisas, elas acabarão por nos revelar alguma anomalia, algum diferencial, algum centro de gravidade, algum ponto de convergência, algum aspecto inusitado, alguma coisa de fato surpreendente e interessante.

Pobre é Tudo Recalcado

Quando eu não tinha dinheiro era muito raro uma mulher querer transar comigo.

Aí um dia eu fiquei rico.

E como é que eu enriqueci? Juro que não é deboche eu dizer que não sei como foi.

Uma época ninguém queria me dar dinheiro pelas coisas que eu fazia e, em outra, muitas pessoas passaram a desembolsar grandes quantias para comprar aquelas mesmas coisas que antes elas não queriam nem de graça.

Resumidamente, o que aconteceu foi isso.

Foi então que as mulheres apareceram. E não eram arrivistas, pilantrinhas querendo se aproveitar, não, eram mulheres interessantes, a maioria delas pelo menos.

Tive de tomar cuidado para não me tornar revanchista, entrar naquelas de pobre recalcado, naqueles papos, quando eu não tinha dinheiro essas putas não me davam sequer bom-dia.

Passei a achar natural as mulheres se interessarem por mim.

Minha época de precariedade e miséria parecia pertencer a uma vida anterior, a uma outra encarnação, mesmo.

Minha primeira namorada nessa nova encarnação foi a Vânia.

Vânia era uma garota com um considerável senso de transgressão, levando-se em conta o meio em que nasceu e foi criada.

Não que não haja ricos delinquentes, há, aos montes, mas Vânia às vezes agia como alguém que realmente não tivesse nada a perder – e se tem algo que todo rico tem, sem exceção, é uma extrema vulnerabilidade à ideia de perda.

Quando tinha vinte anos Vânia foi presa fazendo avião, seu pai havia cortado sua mesada porque ela havia decidido largar o curso de artes plásticas na Faap, então Vânia resolveu levantar uma grana vendendo cocaína.

Seu pai conseguiu livrá-la da encrenca gastando, se não me engano, 250 mil reais.

Quando eu tinha vinte anos, um gambé achou maconha no meu bolso. Levei um tapa na cara e fui obrigado a engolir o baseado. Chegando em casa, meti o dedo na garganta, vomitei e procurei inutilmente aquele precioso grama de maconha no meio do meu vômito.

Vânia nunca soube e nunca vai saber realmente o que é humilhação e degradação.

Sim, acho que nunca vou deixar de ser um pobre recalcado.

NARCISISMO

Sabia que você é o homem mais narcisista que eu já conheci na vida?, ela me diz, deitada de lado, com as pernas enroladas num lençol.

São sete horas da manhã e estamos num motel.

Vejo a claridade pelas frestas de uma persiana e sei que quando sairmos deste útero profano e formos dados à luz do dia ela se estilhaçará em minhas retinas e seus cacos minúsculos ficarão ali, não sei por quanto tempo, implacáveis e punitivos.

Penso que talvez fosse preferível ser um conde drácula para que o sol me transformasse de vez num punhado de pó.

Hum. Por que você me acha narcisista?, digo a ela.

Não sei. Não é uma coisa óbvia, não é algo que se perceba num primeiro momento.

Hum.

Por exemplo, tem aqueles sujeitos superficialmente vaidosos, entende? Aqueles caras que malham na academia e andam com os peitorais estufados, usam camisetas justas. Ou então tem os que gostam de ostentar o carrão novo, o relógio. Claro, esse não é seu caso, você não é um desses pavões, um desses sujeitos ingênuos.

Rio e digo, você acha mesmo que esses caras são ingênuos?

Acho. Por quê? Você não acha?

Talvez. Talvez alguns sejam. Mas acho que muitos desses sujeitos aí, muitos desses vaidosos aparentemente ingênuos e primários, eles simplesmente sabem por instinto o que de fato impressiona uma parcela significativa das mulheres, senão a maioria delas. E não se arriscam em jogos de sedução mais sofisticados.

Não sei. Eu, pessoalmente, nunca fiquei com nenhum cara só porque ele tinha grana. E acho isso, putz, patético.

Tá, isso é você.

Hum-hum.

Bom, você começou falando sobre meu suposto narcisismo.

Ah, é, por falar em narcisismo, voltemos a falar sobre o cavalheiro aqui presente, ela diz, rindo.

Se você quiser falar sobre o seu narcisismo, fique à vontade.

Você me acha narcisista?

Toda mulher é narcisista. O narcisismo em si não é o problema, o problema é quando a mulher, além de narcisista, é burra e vulgar. E ostenta, narcisicamente, sua vulgaridade e burrice.

Hum.

Que nem outra noite, eu estava esperando um amigo na portaria do prédio dele. Aí chegaram um sujeito e duas garotas. Eles estavam bem vestidos, embora o cara tivesse meio pinta de pagodeiro, de jogador de futebol. Eu fiquei na minha, mas acho que já estava pressentindo que ia testemunhar uma revelação ali com aquela tchurma. Nisso, chegou um entregador de pizza. O porteiro abriu pro cara, aí o cara, que estava com as mãos ocupadas por causa das pizzas, empurrou o portão com o lado do corpo para fechá-lo, só que acabou empurrando com muita força e o portão fez aquele puta estrondo, plou! Aí uma das garotas lá, uma das acompanhantes do pagodeiro, disse, e disse alto, pro coitado lá escutar mesmo, ah, ah, esse aí não tem geladeira em casa. Preciso dizer mais alguma coisa?

É. Sem comentários, ela diz. Olha, acho que eu tive um insight agora.

É mesmo? Então vai lá, Carla Gustava Jung. Manda.

Então, o seu narcisismo tem tudo a ver com essa coisa autocrítica sua, autoirônica, às vezes até autodepreciativa. Se você não fosse tão fascinado por si mesmo, não se daria ao trabalho de se autocriticar tanto.

Hum. Bom, eu não me acho tão fascinado assim por mim mesmo. Eu apenas venho há quase quarenta anos tentando entender um pouco essa roubada em que fui metido à minha revelia. É um pouco diferente. Em todo caso, sua análise não deixa de fazer algum sentido. Te incomoda meu, vá lá, narcisismo?

Não, sem problema. Você pode ser narcisista. Você não é vulgar nem burro. E é até que gostoso.

Olha só, ser chamado de gostoso nessa altura da vida. Thanks, honey.

You're welcome.

32 Dentes

Eu estava na redação quando o contínuo veio me avisar, "Nelson, telefone para você". (Ainda não fui convencido a comprar um celular.) Perguntei: "Homem ou mulher?", o contínuo respondeu que era homem. Fui atender. "Nelson? É o Haak." "Ora, como vai?" Eduardo Haak e eu bancamos os lacônicos um com o outro. Ele disse, "Minha avó morreu. O enterro vai ser amanhã". Meus pesames pt saudacoes Nelson. (Ao e-mail já fui convertido. Mas eis que me ocorre uma violenta nostalgia do papel impresso. Havia nos antigos telegramas sempre algo de alarmante e de terrífico. Sim, o telegrama era o desespero lacrado num envelope.)

No dia seguinte, logo cedo, Eduardo passa em casa e nos dirigimos ao cemitério. Quase não conversamos durante o percurso até o Morumbi. Uma tempestade ameaça submergir tudo – desde a noite anterior faz na capital paulista um mau tempo de verso de Olegário Mariano. "Vão exumar o corpo do meu avô", ele diz, impacientando-se com o trânsito. Julgo notar uma certa volúpia em sua voz. Não, não, eu diria que há mesmo uma descarada voluptuosidade no modo como Eduardo Haak diz, "vão exumar os ossos do meu avô Waldemar".

Todo esse cenário fúnebre – cemitério, exumação, enterro, chuva – me faz lembrar de meu irmão Paulo, que morreu no desabamento do prédio onde morava, em Laranjeiras, durante um temporal no verão de 1967. A agonia dos familiares, a vã expectativa de que alguém houvesse sobrevivido, depois os corpos sendo retirados dos escombros, um a um, encharcados de sangue e lama. Eis aonde talvez eu queira chegar: – eu morri em 1980 e, no entanto, cá estou. Tornei-me por acaso um especialista em morte por tê-la provado, pessoal e intransferivelmente? Nem tanto, nem tanto. A morte, para mim, ainda conserva todo seu espanto e toda sua transcendente tragicidade. (Não sei se me faço entender. Se não faço, paciência.)

O velório da avó de Eduardo Haak ocorre numa sala com ar de quiosque de clube de campo, sobre cuja porta há um painel eletrônico no qual desliza continuamente o nome da falecida, Maria Scarpini Haak. Não há no velório qualquer alarido de pires e xícaras. Cumprimento os familiares e me afasto para fumar meu Derby vermelho. (Meu cardiologista, o doutor Quintavalle, autorizou-me a fumar cinco Derbys azuis por dia. Que ele não saiba dessa minha transgressão.) Olho para o extenso gramado do cemitério e penso na morte nos dias de hoje, tão despojada de seus tradicionais ornamentos. O que há por trás dessa avareza de anjos, de mármores e de granitos? Afirmo: – é a tentativa de assepsia da morte, de esvaziamento de sua espetacularidade tétrica. Há nisso tudo a utopia da não-morte.

Eduardo se aproxima, mãos enfiadas nos bolsos traseiros das calças, mascando um chiclete imaginário. Há por ali uma porta de vidro que leva não sei aonde, mas na qual ele vai buscar o reflexo de sua imagem. Ajeita os cabelos, mais eriçados que as cerdas bravas do javali, e creio que se dê por contente. Eis que me pergunto: – será que estamos vendo surgir toda uma geração de "narcisos às avessas" às avessas? O brasileiro antigamente cuspia na própria imagem. Hoje, homens e mulheres parecem lambê-la o tempo todo, como se fosse um Chicabon com palito premiado. Mas do que estávamos falando mesmo? Ah, sim. O irmão mais novo de Eduardo, João Paulo, aparece e diz que já estão fazendo a exumação do cadáver. Ele me olha e diz, "E aí, Nelson, vamos lá?". Atravessamos o gramado e nos dirigimos ao ponto em que os coveiros revolvem a terra. O outro irmão de Eduardo, André, já está à beira da cova, olhando para seu interior. Eduardo lhe pergunta, "Já tiraram?". "Estão tirando, estão tirando." Os olhos de André faíscam como um cano de descarga de automóvel atritando com o asfalto. Os coveiros começam dar à luz o espólio macabro: pedaços de roupa, restos de madeira do caixão, um fêmur, um esterno preto e esmigalhado, um crucifixo, um crânio. Eduardo diz a mim, "Waldemar Yorik...", e ri. Então alguma coisa, de súbito, salta do crânio. "Que foi isso?", os irmãos se entreolham. O coveiro adentra a sepultura e traz lá de dentro o objeto saltitante: era a dentadura dupla de Waldemar Haak. Ele nos mostra as chapas sobrepostas, como se fosse um protético recém-formado que estivesse a exibir, orgulhoso, seu primeiro trabalho. Eduardo e seus irmãos tentam dissipar o horror que há nisso tudo se forçando a uma sonora gargalhada.

Mas eis que o óbvio ululante fez seu número, insofismável número: aqueles trinta e dois dentes de plástico, que estiveram por trinta e dois anos enterrados, ao sorrirem para seus netos restabeleceram o primado do patético, do espantoso e do maravilhosamente grotesco naquele cenário de falsa e verde placidez.

Vuuuuup

Estou tomando café e um rapaz me aborda, ei, por acaso você não é o baterista dos Mandrakes?

Digo que sou.

O rapaz me diz, cara, eu curto sua banda desde que era moleque.

Agradeço.

Conversamos um pouco – basicamente sobre a apresentação dos Mandrakes no SWU –, então o rapaz me pergunta, pô, de boa, você daria uma conferida no som da minha banda? É rapidinho, uma música só.

Claro, digo.

Ele me passa seu iPod. Ouço uma música, marcando o tempo com o pé. Devolvo-lhe o iPod e digo que achei horrível.

Estou no mezanino de uma danceteria.

Tento puxar papo com uma mulher, ela me responde, desculpa, você é muito jovem para mim.

Digo que não sou tão jovem, que tenho 39 anos.

Ela ri, jogando a cabeça para trás, e diz que estou mentindo.

Mostro-lhe meu RG.

Olha só, e não é que é verdade mesmo?, ela diz, e em seguida arremessa meu documento para a pista de dança, fazendo um barulhinho, vuuuup, com a boca.

Pergunto se ela não sente remorso de sair comigo, sendo casada.

Não. E você, sente remorso de ser meu cúmplice nisso?

Às vezes. Mas aí eu faço de conta que seu marido é algum cara que já me sacaneou, algum antigo chefe, e o remorso passa.

SIM

Estou num condomínio em Sorocaba, numa tarde de quinta-feira, caminhando em direção à piscina.

Estou usando um paletó Ermenegildo Zegna que comprei em 1997, jeans e camisa por fora da calça. Faz quatro dias que não me barbeio.

Reparo numa bicicleta deixada sobre o gramado de uma casa.

Minha ex-mulher e duas amigas caminham próximas a mim. Elas se conheceram num spa no começo desse ano.

Minha filha, carregando uma boia repleta de cores berrantes, vai um pouco à frente de nós.

Sentamos num terraço, em frente a uma sala com aparelhos de ginástica e à foto gigante de uma mulher com a musculatura do abdômen definida.

Minha filha entra na piscina e noto que ela retesa o corpo, num reflexo de defesa contra o frio.

Uma das amigas de minha ex-mulher se põe a contar a história de um primo que assumiu ser gay recentemente – que, quando ele era criança, uma vez a mãe o castigou maquiando-o com sombra e batom e fazendo-o desfilar para os porteiros do prédio onde moravam.

Ela mantém as pernas cruzadas enquanto faz o relato, gesticulando com as mãos, as unhas pintadas de uma cor escura.

Seu sotaque é do centro-oeste, Mato Grosso do Sul, e eventualmente ela mexe nos cabelos, que são loiros e compridos.

Olho para suas coxas sobrepostas tensionando o tecido da calça e tenho vontade de mordê-las.

Conheço algumas histórias dessa mulher.

Sei que ela é um belo animal, dada a satisfazer seus instintos sem sentir qualquer traço de culpa.

Penso em várias mulheres que conheci e concluo que no fundo todas são assim, todas têm essa forte conexão com os ciclos naturais, com a terra, com a materialidade. (Será que foi por isso que o Malcolm Montgomery disse uma vez que não há quem odeie camisinha mais do que a mulher?)

Penso também que, dada essa relação mais estreita com a natureza, as mulheres, consequentemente, são mais sábias do que os homens em relação à nossa finitude, à nossa limitação e precariedade enquanto espécie. (Será que foi por isso que ouvi uma vez o Paulo Francis dizer que ninguém sabe consolar melhor do que a mulher?)

Então eu me imagino com cada uma das mulheres que já fodi, nesse cenário em que estou agora (que me parece um pouco com as telas do Eric Fischl, com suas superfícies plácidas e perversões subliminares), imagino meu egoísmo deixando de fazer sentido, imagino-me dando a resposta que cruelmente me neguei a dar vida afora e finalmente dizendo sim à Cláudia, Fernanda, Cintia, Helen, Carla, Adriana, Isabel, Mônica, Ellen, Clarissa.

A amiga da minha ex termina de contar o caso de seu primo.

Penso em fazer o comentário, putz, essas histórias de gays são um pé no saco, é sempre a mesma coisa, o cara meio esquisitão que uma hora sai do armário e tal, e tal, mas o comentário me parece sugerir antes grosseria do que virilidade.

O alarme do celular de nossa anfitriã avisa que está na hora de irmos almoçar.

Levanto-me, vou tirar minha filha da água, enrolo-a numa toalha e recolho seus brinquedos do chão. Ela me pergunta se poderá nadar de novo depois do almoço e eu lhe digo que precisamos voltar para São Paulo antes do fim da tarde, que logo a temperatura vai cair bastante, que a água vai ficar muito fria, lhe digo que não, que infelizmente não vai dar para ela voltar hoje à piscina.

Eu, Eduardo Venturolli, Comi a Mulher
Mais Feia de um Site de Relacionamentos

Eu perdi uma aposta e por isso tive que sair com a mulher mais feia de um site de relacionamentos.

Apostei com o Sérgio que eu conseguiria vencê-lo no xadrez jogando com as pretas e lhe dando vantagem de um peão.

Seu problema, ele me disse, ao me vencer no lance 22, seu problema é essa sua insistência na saída Ruy López.

Sérgio é físico nuclear, mas trabalha hoje como tatuador.

Eu sou engenheiro de alimentos. Meu nome é Eduardo Abranches Venturolli. Meu nickname no site de relacionamentos é Édipo Saavedra.

Uma vez li em algum lugar que o Bon Scott, cantor do AC/DC, participou de uma espécie de maratona sexual, se não me engano passando a vara numa gordona, obesa mórbida mesmo.

É engraçado pensar: o que é intolerável fisicamente para mim numa mulher?

Eu sou tido como um homem bonito, nunca tive dificuldade com mulher, acho que até por uma questão de nicho, de cada macaco no seu galho, as mulheres com quem me envolvi eram sempre pelo menos compatíveis comigo.

Às vezes tento imaginar como seria minha vida se eu fosse um cara feio, um tipo comum, desses que você vê sozinhos pelos cantos numa balada, segurando o copinho de cerveja e olhando tenso pra pista de dança.

Assim que terminamos a partida, Sérgio ligou o micro, entrou no site e logo me disse, rindo, ei, acho que achei sua garota.

Eu também ri quando vi a foto.

Escrevi o seguinte para a fulana: olá, Solitária Carente, te achei uma pessoa especial e gostaria de te conhecer melhor, me escreva, beijos, Édipo Saavedra.

Solitária Carente na verdade se chamava Márcia.

Marcamos de nos encontrar numa terça-feira, num bar na Bela Cintra, ela trabalhava na Paulista e me disse ao telefone que assim ficava mais fácil pra ela, que ela voltava de metrô pra casa.

Sua voz era agradável, com boa dicção, eu não associaria de jeito nenhum aquela voz à pessoa que vi nas fotos.

Comeu ou não comeu?, Sérgio me perguntou ao telefone.

Que que você acha?

Cadê a foto?

Mandei pro seu e-mail. Pro Yahoo.

Tá. Já vou abrir.

Sérgio, tô indo beliscar alguma coisa. Tá a fim de ir ao Vaca?

Vaca? Ando meio bodeado daquele lugar. Tá, vamos.

Me encontra lá.

Ok. Meia hora.

Sentei no Vaca e pedi uma cerveja.

Na mesa ao lado havia dois americanos com a cabeça raspada fumando Lucky Strikes de uma mesma caixa.

Meu escore nesse bar é de quatro mulheres. Meu escore no Belfast é de seis, mas uma eu não contabilizo porque era garota de programa. O lugar de maior escore para mim acho que foi a Faap.

Doze? Quinze?

Sérgio chegou, sentou-se, pegou um cardápio, correu os olhos por ele, lançou um olhar rápido para mim, voltou a olhar o cardápio e então me disse, impressionante, meu jovem, realmente impressionante.

Tomei um gole de cerveja e respondi, hum. É, impressionante mesmo. Você nunca fez nada impressionante na sua vida?

Eu? Claro que já.

E qual foi a coisa mais impressionante que você já fez?

Sérgio ficou pensativo por um tempo e então respondeu que não conseguia se lembrar de nada, que todas as coisas impressionantes que a gente já fez na vida, justamente por as termos feito, perderam a característica de coisa impressionante.

Que nem, quando a gente tem catorze anos, ver uma boceta é absolutamente impressionante, ele disse. Depois a coisa até que vira rotina. Não é mesmo?

Respondi que sim, que era verdade.

Sérgio pediu uma dose de Absolut e comentou, quatro de outubro, cara. Que coisa. Já estamos em quatro de outubro.

Pensei no meu pai.

Amanhã vai fazer oito anos que meu pai morreu, eu disse.

Sérgio assentiu.

É. Oito anos. Eu nunca te contei como meu pai morreu?

Não, nunca.

Hum, murmurei.

Como foi que seu pai morreu?

Foi num acidente de moto. Ele estava numa estrada vicinal de Santa Bárbara do Oeste e bateu numa carroça carregada de esterco.

Esterco?

É. Esterco. O velho tinha uma dona lá em Santa Bárbara, uma teúda e manteúda. Aí eu sei que me ligaram da porra do hospital, seu pai sofreu um acidente, e tal. Fui pra lá. Na verdade ele tinha tido morte instantânea, ele pegou em cheio a carroça cheia de merda. O dono da carroça se chamava Francisco Cuoco.

Francisco Cuoco?

É. O cara era homônimo exato do ator. Cuoco era mesmo o sobrenome dele. O puto não sofreu um arranhão. Francisco Cuoco. Incrível, né?

Porra. Nem fale.

Aí eu fui ver o corpo do meu pai no necrotério, providenciar documentação, atestado de óbito e tal. Quando vi meu pai lá na mesa, todo fodido, arrebentado e embostado, cara, eu comecei a rir. Rir mesmo, daquele jeito de travar o maxilar. Dei uma disfarçada e corri prum banheiro, ia pegar mal ficar rindo daquele jeito naquela situação, no mínimo o pessoal ia achar que eu era maluco. O negócio é que eu não conseguia parar de rachar o bico. Como seu pai morreu? Ah, ele estava de moto, aí o Francisco Cuoco, puxando uma carroça cheia de merda, atravessou a pista e meu pai pumba nele.

É, acho que eu entendo.

Claro. Foi hilária a situação. A única coisa horrível mesmo que rolou foi eu ter que me encontrar com a vadia lá que ele sustentava, a tal da teúda e manteúda. Cara, era uma tipinha da pior categoria. Meu pai era foda. O lance dele sempre foi pagar de gostosão pros fuleiros.

Sei. E essa mulher deu dor de cabeça pra vocês depois?

Claro. Quis reivindicar união estável na justiça. A gente entrou num acordo, ela levou o dela. O ridículo foi ela tentar pagar de viuvinha inconsolável pro juiz. Cara, eu não sou de odiar, mas ver aquela mulher fazendo aquilo, manipulando, chantageando, me fez pensar, eu quero mais é que essa infeliz se foda, de coração.

É foda, meu. Tem mulher que é foda mesmo.

Tomei um gole de cerveja e então disse que meu pai estava enterrado ali no Vaca.

Aqui?, Sérgio perguntou.

É. Aqui, ali atrás daquela pilastra, a que tem o quadrinho da cerveja Norteña. Se a gente afastar aquela mesa dá pra ver a lápide no chão. Quer ir lá ver?

Você está brincando comigo, Edu?

Não, não estou. Vem cá ver, eu disse, me levantando.

Pedi para um dos garçons me ajudar a afastar a mesa. Sérgio então pôde ler a placa de bronze aparafusada ao chão, onde estava escrito o nome do meu pai, Thiago Abranches Venturolli, 18/01/1949, 05/10/2000, e o epitáfio: a vida é uma corrida de autorama.

Primeiro Encontro

Você está num carro, sozinho, com pouco mais de cem reais na carteira, indo se encontrar pela primeira vez com uma garota.

A avenida em que você está não tem semáforos, mas nesse horário é como se houvesse um sinal vermelho a cada oitenta centímetros, com as lanternas traseiras dos carros desempenhando esse papel.

Você ouve um CD do DJ Marky e experimenta fazer com a boca a guitarra de uma velha música do Red Hot Chili Peppers, numa inútil simulação de euforia.

Sim, apesar da expectativa do encontro, você se sente deprimido – está garoando, há muitos hospitais nas imediações, você pensa que às vezes a vida parece ser mesmo uma coisa meio idiota (vide Macbeth, William Shakespeare, "life is a tale, told by an idiot", etc.).

Você tenta vencer essa melancolia apelando para o insulto, imaginando chamadas jornalísticas do tipo "Farrah Fawcett Morre de Câncer no Cu".

Isso faz você dar umas risadas, o distrai um pouco.

Você repassa mentalmente os acordos que fez para estar aqui, agora: deixará o carro de sua mãe num estacionamento e irá levar sua filha amanhã para comer pizza.

Você costuma pensar que essa obsessão por oferecer experiências agradáveis à sua filha se deve à convicção de que, quando ela tiver desenvolvido plenamente o senso crítico em relação a você, será inútil tentar lhe oferecer qualquer coisa.

Você sabe, pessoalmente, o quanto os filhos podem ser impiedosos com os pais.

Você sabe que seus dias como pai adorado estão, a cada dia que passa, se esgotando.

Você então se pergunta: a troco de que estou indo a esse encontro?

Você sabe que no fundo está cansado de contar sua história para garotas que acabou de conhecer, e que também está cansado de ouvir as histórias delas.

Em todo caso, você chega ao bar.

Vai ao banheiro, verifica como estão seus cabelos, a roupa, o hálito.

Espia a carteira para se certificar de que os cem reais estão realmente lá.

Volta e se senta a uma mesa.

Posta-se em seu melhor ângulo e pose.

Chama o garçom, pede uma Stoli pura.

Espia o horário no celular, verifica se há alguma chamada não atendida.

Daqui a pouco a garota vai chegar, então você, tendo de preencher o silêncio, acabará escolhendo, como sempre, contar a melhor versão da história de sua vida, a mais divertida, a mais brilhante, a menos nebulosa.

E a garota provavelmente fará a mesma coisa.

E talvez vocês até consigam se divertir um pouco um com o outro.

Vida em Família

O que é a vida em família?

É você ter de conviver de maneira forçada, mantendo uma civilidade estritamente basal, com pessoas com ampla capacidade de te aviltar, imbecilizar ou, no mínimo, de te encher bastante o saco.

Estava pensando outro dia em duas tias, tentando decidir qual delas é a mais idiota.

Eis as histórias que comparei: minha tia número um, quando soube que uma de suas noras, ao que tudo indicava, era, abre aspas, médium altamente desenvolvida, fecha aspas, ficou toda assanhada e não sossegou enquanto não viu a moça tomada por um espírito.

Ela queria fazer algumas perguntas ao dito-cujo.

Oras, até eu compreendo essa curiosidade.

Eu também teria perguntas a fazer a uma consciência individual desencarnada: há um além? Deus existe? Os maus são punidos e os bons, premiados depois da morte?

Mas tudo o que minha tia número um queria perguntar ao além era se o Ayrton Senna era mesmo bicha.

Já a minha tia número dois, do lado da família ostensiva-
mente católico e histericamente malufista, andava preocupada
com o possível descaminho espiritual do meu irmão do meio, que
não fez a Primeira Comunhão.

Porém, como ele dava mostras de não ser uma alma completamente perdida, já que era tão malufista que até havia se fi-
liado ao PDS e pegado autógrafos, no diretório do partido, do
Agnaldo Timóteo e do Jacinto Figueira Júnior, o Homem do Sa-
pato Branco, minha tia decidiu magnanimamente auxiliar a sua
salvação: disse ao telefone para minha mãe que, agora que ele estava seguindo os passos do Paulo Maluf, devia seguir os passos de
Jesus também.

O Que Não Fomos um Para o Outro

Estou deitado num deck, com os braços cruzados sob a nuca, olhando para a lua e algumas nuvens que parecem iluminadas como que por uma luz que tivesse vazado de um estúdio de fotografia cuja porta alguém tivesse se esquecido de fechar.

Você está ao meu lado, sentada numa cadeira de plástico, falando sobre aquele cara de quem você vem falando quase que obsessivamente já há alguns meses.

Penso na familiaridade de sua voz, que essa familiaridade me agrada – sua voz é a única coisa que me separa do vazio, da indiferenciação e das reflexões óbvias sobre eternidade e finitude a que este céu e esta claridade lunar fatalmente me levariam.

Tento pensar no Woody Allen, em como ele dirigiria esta cena.

Que piada ele colocaria na boca de um personagem seu que estivesse deitado num deck, olhando para o céu e ouvindo a ex-mulher falar sobre um homem de quem ela vem falando dia e noite, há meses?

Ao nosso lado, há uma piscina com as lâmpadas acesas.

Mais ao fundo, a sequência de casas do condomínio, todas, com exceção da nossa, desocupadas nesta noite de quarta-feira, do mês de setembro, do ano de 2007.

Você disse há pouco que quer tirar uma foto de perfil contra este fundo aquático, azul, mas não sei se a máquina captará bem sua imagem.

Eu continuo prestando atenção nas coisas que você diz, enquanto imagino como seria ir para a cama com você de novo.

Seria como a gente destampar um buraco e ver que há apenas um buraco, ali, onde outrora houve muitas coisas?

Seria um esforço doloroso e inútil tentar pensar em coisas com que o preencher?

Perceberíamos que na verdade esse buraco nosso sempre foi preenchido, em nossa de certa forma história infeliz, com coisas indevidas?

Buraco.

Você então diz que é curiosa a situação que temos – nossas erráticas vidas amorosas, nossos celulares cheios de torpedos que às vezes esquecemos de apagar, nossos contatos no MSN, nossos contatos no Orkut, nossos contatos no Par Perfeito, todas essas coisas, mas que estamos hoje mais juntos do que jamais talvez tenhamos estado.

Em tom brincalhão, você diz que provavelmente iremos voltar a ser um casal quando formos velhos.

Depois que a gente gandaiar bastante, você diz, rindo.

Isso me inquieta, mas não consigo articular uma resposta imediata.

Penso um pouco e acabo chegando à conclusão de que não tenho a idealização sentimental que talvez você tenha sobre a velhice.

Penso em dizer, sobretudo, que daqui a trinta anos não teremos o direito de fingir que fomos o que na verdade não fomos um para o outro quando jovens.

Onipotente, Onipresente, Onisciente, Vitaminado e Apoteótico

Dramatis personae

Franz Kafka, 29 anos. Um escritor não publicado que, para sobreviver, trabalha como técnico de informática.

Deus, idade infinita, mas com a aparência de 57 anos. Mora num apartamento antigo em Higienópolis. É um gay caricato, que tem os cabelos pintados de acaju e que anda em casa vestindo quimono de cetim preto.

Uma sala de apartamento com poucos móveis, antigos e desgastados – sofá, poltrona, estante com alguns livros e uma mesa sobre a qual há um computador, também visivelmente antiquado. Deus e Franz Kafka entram e caminham em direção à mesa.

DEUS (gesticulando com a mão na direção do micro)
Então, ele está travando, principalmente quando tem mais de um programa aberto.

FRANZ KAFKA
Tá, vamos ver.

(Franz Kafka se senta, põe sua pasta sobre a mesa, digita coisas no teclado, faz uns testes. Deus, com os braços cruzados, o observa.)

DEUS
Você, hum, desculpa, qual o seu nome mesmo?

FRANZ KAFKA
Franz.

DEUS
Franz, você aceita água, café, alguma coisa?

FRANZ KAFKA
Hum... aceito água, obrigado.

DEUS
Gelada, sem gelo?

FRANZ KAFKA
Meio a meio.

DEUS
Ok.

(Deus sai de cena, volta com um copo d´água e o entrega a Franz.)

FRANZ KAFKA (depois de ter terminado a água)
Me diga uma coisa, quais aplicativos o senhor usa com mais frequência nessa máquina?

DEUS
Bom, acho que o que eu mais uso é um programa de monitoramento.

FRANZ KAFKA
Monitoramento. Exatamente do quê?

DEUS
De vidas humanas.

FRANZ KAFKA
Hum. O senhor é médico?

DEUS
Não exatamente. Pra dizer a verdade eu sou Deus.

FRANZ KAFKA (levantando-se da cadeira)
Deus?

DEUS
Exato.

FRANZ KAFKA (irônico)
Hum. E o senhor controla o universo todo, a providência, tudo, desse computador aí?

DEUS
Sim.

FRANZ KAFKA
Imanência, transcendência –

DEUS (interrompendo-o)
Nascimentos, óbitos, coincidências significativas, inspira-
ções, insights, as leis da física, eu controlo todos, todos os aspectos da existência nessa máquina.

FRANZ KAFKA
Caramba...

DEUS
Por quê? Ela tá tão ruim assim?

FRANZ KAFKA
Bom, isso é... isso é um computador frankenstein de 1999,
com Windows pirata, conexão discada e... e um antivírus que não
é atualizado desde 2007.

DEUS
Certo. E o que você sugere?

FRANZ KAFKA
Olha, olha, olha, vamos esclarecer algumas coisas aqui:
isso não é pegadinha de programa de TV, não, né?

DEUS
Não, de forma alguma.

FRANZ KAFKA
Ok. Então que história é essa de Deus?

DEUS
Oras, eu sou Deus.

FRANZ KAFKA
Ok, então me prove que você é Deus.

DEUS
Vamos lá. Você se chama Franz Kafka e está escrevendo um livro chamado *O Castelo*. Tem outros dois na gaveta, *O Processo* e *A Metamorfose*. Acertei?

FRANZ KAFKA (visivelmente espantado)
É... tá certo.

DEUS
Pois é.

FRANZ KAFKA
Mas... como... como é que você sabe essas coisas sobre mim?

DEUS
Oras, eu já te disse, eu sou Deus. Quer ver? Hum... quando você tinha sete anos você estava mordendo um daqueles ioiôs feitos de papel celofane com serragem dentro. Aí o celofane se rompeu, você engoliu um pouco de serragem e achou que ia morrer.

FRANZ KAFKA (mais espantando ainda, mas com uma nota de euforia)
Sim, sim... Incrível... eu nunca mais havia me lembrado disso. E jamais contei pra ninguém!

DEUS
E então? Tá convencido?

FRANZ KAFKA (rindo, tenso)
Poxa... mas...

DEUS
Vai, pode me pôr à prova. Abro essa concessão pra você.

FRANZ KAFKA
Hum... sei lá... faça... faça trovejar!

DEUS
Aaaaaai, que coisa mais chinfrim, rapaz, até aquele Paulo Coelho sabe fazer isso... Bom, em todo caso, vamos lá...

(Deus fecha os olhos, estala os dedos da mão direita e ouve-se um trovão.)

FRANZ KAFKA (eufórico)
Olha só! Sensacional!

DEUS
Quer que eu faça agora um trovão em ritmo de mambo, de chá-chá-chá ou já está convencido?

FRANZ KAFKA
Não, tudo bem, você deve ser mesmo quem diz que é.

DEUS
Pois é. Está surpreso? Imaginou que eu fosse diferente?

FRANZ KAFKA
Bem... claro, claro... eu nunca poderia imaginar você assim...

DEUS
Assim?

FRANZ KAFKA
Oras...

DEUS
Sim, além de onipresente, onipotente e onisciente, eu também sou vitaminado e apoteótico. (Dá uma piscadinha.)

FRANZ KAFKA

Tá, certo, ok, mas agora eu realmente fiquei preocupado com uma coisa. O senhor realmente controla o universo com esse computador?

DEUS

Sim, e ele tem me servido muito bem. Só começou a dar uns probleminhas agora.

FRANZ KAFKA

Sinceramente, eu não consigo entender. Você não existe numa dimensão supratemporal em que presente, passado e futuro coexistem?

DEUS

Sim, mais ou menos isso.

FRANZ KAFKA

E você não poderia ter, portanto, o computador do ano 3.000, 4.000, 5.000 para executar seu trabalho? Nem precisava ir tão longe, mas um computador que pelo menos fosse um pouco mais confiável do que esse? Sei lá, a Kalunga costuma ter uns preços bem razoáveis, não custaria –

DEUS (interrompendo-o)

Sim, eu até poderia, mas, sabe como é, a gente que é mais velho demora até se habituar a alguma coisa e é muito mais resistente a mudanças do que os mais jovens. Você nem imagina o quanto eu penei até me habituar ao Windows, ao mouse, a esses cacarecos todos. Eu sou do tempo dos cartões perfurados e dos mainframes.

FRANZ KAFKA

Que loucura... O programa que controla minha existência roda num 586 com 12 anos de uso, cheio de programas piratas e certamente repleto de vírus. Não é à toa que, com uma máquina dessas, acabem acontecendo no mundo coisas como holocaustos, tsunamis e a Britney Spears fazendo sucesso como cantora.

DEUS

Não exagera também, né?

FRANZ KAFKA

Olha, definitivamente, o senhor precisa trocar esse computador. O senhor pelo menos faz backup dos seus arquivos?

DEUS

Não.

FRANZ KAFKA

Carácoles... bom, deixa eu ver se eu estou entendendo... o que aconteceria, por exemplo, se a gente desligasse essa máquina agora, ou se ela pifasse de vez?

DEUS

Hum. Nada muito perceptível, pelo menos num primeiro momento. Só que o mundo ficaria totalmente governado pela aleatoriedade. Aconteceriam coisas como, por exemplo, um oficial de justiça bater na sua porta dizendo que você está preso sem te explicar o motivo, na verdade sem você nem mesmo ter cometido qualquer crime.

FRANZ KAFKA

Sei. Então Einstein estava errado quando disse que Deus não joga dados. Deus não joga dados, mas tem um computador completamente capenga, o que dá na mesma.

DEUS

Ei, sossega o periquito, Franz. Aliás, você parece muito pouco surpreso para uma criatura que está diante de seu criador.

FRANZ KAFKA

Não, não, eu estou mais do que surpreso, eu estou em absoluto estado de choque.

DEUS

Bobinho... então, me fale um pouco mais sobre você. Me fale sobre seus livros.

FRANZ KAFKA

Livros... sei lá, nem sei se é próprio chamar de livro um livro que não foi publicado. E nem sei se é próprio me chamar de escritor.

DEUS

Que bobagem, Franz, é claro, é lógico que você é escritor! Eu li aquele conto seu em que tatuam na pele de um presidiário o texto da lei que ele infringiu, achei muito bom.

FRANZ KAFKA

Achou mesmo?

DEUS
Claro que achei.

FRANZ KAFKA
Poxa... obrigado.

DEUS
Não há de quê.

FRANZ KAFKA
Mas me diga uma coisa, você costuma aparecer, assim, por aí? Tipo, você vai ao supermercado? Você almoça? Janta?

DEUS
É claro, né? Você acha que eu vivo de quê? De brisa? Você nunca ouviu falar que eu fiz a humanidade à minha imagem e semelhança?

FRANZ KAFKA
Tá, ok, é que, sei lá, eu sempre ouvi falar de Deus como uma coisa misteriosa, os rabinos vivem dizendo que seu nome é impronunciável...

DEUS (rindo)
E você acredita nas cascatas que esses caras todos contam? Francamente... Eles devem ter me confundido com algum húngaro, os húngaros, sim, é que tem nomes completamente impossíveis de pronunciar.

FRANZ KAFKA
Impossíveis para quem não é húngaro, né?

DEUS
Por aí.

FRANZ KAFKA
Mas me explica uma coisa, Deus, e essa diversidade toda de religiões, cada uma dizendo uma coisa, cada uma afirmando ser a única detentora da verdade. Afinal, quem tem a razão?

DEUS
Como diz o Voltaire nas *Cartas Filosóficas*, cada um vai para o céu pelo caminho que mais lhe aprouver.

FRANZ KAFKA
Certo. Então a distância entre, sei lá, Jesus Cristo e aquele tal de Inri Cristo não é tão grande assim?

DEUS
Bom, Jesus tinha grandes habilidades. Andava sobre a água, transformava pães em peixes, curava leprosos e até ressuscitou aquele cara lá, o Lázaro. Em compensação, o Inri joga sinuca infinitamente melhor do que Jesus. Cada um, cada um.

FRANZ KAFKA
Mas Jesus é mesmo o messias, como acreditam os cristãos?

DEUS
Sim. Sinto lhe informar, mas ele é mesmo o messias. Vocês, judeus, estão contando os anos à toa naquele calendário lá, cinco mil setecentos e quás, quás, quás.

FRANZ KAFKA
E aquela história lá de que a mãe dele era virgem e que você a engravidou sem encostar nela?

DEUS
Sim. Que que tem?

FRANZ KAFKA
Foi assim que a coisa aconteceu mesmo?

DEUS
É lógico, né, chuchu? Você por acaso acha que *moi* encostaria numa mulher? Tá me estranhando? Essas coisas podem ser feitas sem... sem encostação nem nada. Afinal, como é que você acha que aquele moço lá, o Ricky Martin, foi pai de gêmeos?

FRANZ KAFKA (rindo)
Inacreditável...

DEUS
Hum.

FRANZ KAFKA

Olha, eu sou tido como um cara imaginativo, mas um Deus com o jeito do Clóvis Bornay é algo que jamais passaria pela minha cabeça.

DEUS

Sim, você realmente é imaginativo. Gregor Samsa, né? Que se transforma num, entre aspas, repugnante inseto.

FRANZ KAFKA

O senhor realmente leu todos os meus livros.

DEUS

É claro que eu li. Inclusive eu queria te perguntar uma coisa. Por que você chamou o bicho de *repugnante inseto* em vez de chamar de barata de uma vez?

FRANZ KAFKA

Ah, porque barata seria muito óbvio, você pensa em coisas repulsivas, aí, pumba, te vem de imediato, ratos, baratas. Essa obviedade tiraria a força do texto. Entende?

DEUS

Olha só, que interessante. Quer dizer então que vocês, escritores, têm mesmo a pretensão de serem iguais a mim, de criar mundos e todo o resto.

FRANZ KAFKA

Eu não diria tanto.

DEUS
Sem falsa modéstia, Franz. Você sabe que é talentoso. Muito talentoso, aliás.

FRANZ KAFKA
Obrigado, Deus. Realmente obrigado. Isso não tem enchido minha barriga, em todo caso...

DEUS
E então, não quer me fazer nenhuma pergunta sobre sua carreira literária? Afinal, eu sou o onisciente, eu sei de tudo.

FRANZ KAFKA
Bom... já que o assunto partiu do senhor mesmo...

DEUS
Ok. Manda ver.

FRANZ KAFKA
Certo. Bom, eu mandei os originais de *O Processo* para várias editoras. Duas já rejeitaram, dizendo que o cronograma de lançamentos já está fechado para este ano, aquele lero-lero de sempre.

DEUS
Certo.

FRANZ KAFKA
Eu ainda estou esperando alguma resposta de outras três, mas o negócio é que já faz oito meses que eu mandei o material.

DEUS
Hum-hum.

FRANZ KAFKA
Sei lá, pra não ficar parado eu tenho tentado publicar umas coisas aqui, outras ali, mandei uns textos pra umas revistas, só que não rolou nada. Uma época até me forcei a fazer uma social naquele boteco lá na Vila Madalena, a Mercearia São Pedro.

DEUS
Hum-hum. Eu sei.

FRANZ KAFKA
Conhece a Mercearia?

DEUS
Claro que eu conheço. Não é aquele bar lá que o Marcelino frequenta?

FRANZ KAFKA (rindo, tenso)
Marcelino...

DEUS
Ué, qual é a graça?

FRANZ KAFKA

Não, não, você dizer o nome desse cara, assim, Marcelino, sem qualquer cerimônia. Incrível. Quer dizer que a agenda do Marcelino Frota é quente mesmo. Tem contato até de Deus.

DEUS

Pra você ver como é.

FRANZ KAFKA

Então, essas coisas todas que eu venho tentando fazer, essa coisa de escrever livros e não ter nenhum retorno, sabe, a barra tá ficando pesada, a grana que eu tiro com essa coisa de computador não é suficiente, mês passado meu pai teve que pagar meu plano de saúde e, claro, eu tive que ouvir um monte. Eu realmente gostaria de saber no que vai dar tudo isso que eu venho fazendo.

DEUS

Hum... Franz, eu posso te responder, mas vou impor uma condição.

FRANZ KAFKA

Qual?

DEUS

Ai, eu fico com vergonha de falar...

FRANZ KAFKA

Tenta, ué.

DEUS
Eu vou dizer no seu ouvido, tá?

FRANZ KAFKA
Poxa, não tem ninguém aqui, pode falar em voz alta mesmo, qual é...

DEUS
Não, não, eu prefiro dizer no seu ouvido.
(Deus se aproxima de Franz Kafka, faz uma concha com a mão sobre sua orelha e diz algo. Kafka mantém-se numa postura física defensiva. Assim que Deus termina de falar, Kafka dá um passo pra trás e ri, mais tenso ainda.)

FRANZ KAFKA
Meu, que absurdo é esse?

DEUS
Oras...

FRANZ KAFKA
Desculpa, mas isso está completamente fora de cogitação.

DEUS
Pense bem, Franz. Eu sou Deus, imagine todas as possibilidades decorrentes disso.

FRANZ KAFKA

Meu, escuta aqui, e aquela coisa lá do Levítico, aquilo lá que você escreveu dizendo que os praticantes de sodomia vão arder eternamente no inferno?

DEUS

Sim, mas eu sou Deus e tenho prerrogativas, chuchu. Eu não posso ser mandado para o inferno. E posso fazer o que eu quiser.

FRANZ KAFKA

Inclusive... inclusive dar o cu?

DEUS

Inclusive isso.

FRANZ KAFKA

Esqueça, cara. Eu não sou veado e, mesmo que eu fosse, não ia entrar nessa, Nietzsche, o filósofo que matou Deus, Franz Kafka, o escritor que tirou as pregas dele...

DEUS

Tirou as pregas... que pretensão a sua...

FRANZ KAFKA

Ó, é sério, esse assunto acabou aqui.

DEUS
Qual é, Franzinho? Está com medo de ir pro inferno? Esqueceu que eu sou Deus, que sou eu quem decide quem vai e quem não vai pra lá?

FRANZ KAFKA
Cara, sinceramente, você está se comportando feito aquelas bichas das peças do Plínio Marcos. Porra, meu, você é Deus, podia criar num estalar de dedos um Brad Pitt aos 25 anos que fosse chegado na coisa e resolve cismar logo comigo?

DEUS
Tá, eu até poderia fazer isso, mas não seria a mesma coisa. A alteridade, entende? O outro. Eu criar um Brad Pitt para fins luxuriosos ia me dar a sensação de que eu próprio estaria me tocando.

FRANZ KAFKA
Olha, eu sinto muito, mas realmente não posso te ajudar.

DEUS
Ok, tá bom, deixa pra lá.

FRANZ KAFKA
Ok.

DEUS (em tom de desabafo)
Ai, Franz, posso te confessar uma coisa?

FRANZ KAFKA
Confessa, ué.

DEUS
Hum... como é que você... como é que você imagina que é ser Deus?

FRANZ KAFKA
Sei lá. Não faço a menor ideia.

DEUS
Hum-hum. Olha, ser Deus é o máximo, eu não tenho muito do que reclamar, mas às vezes sinto uma falta danada de realmente ter uma vida como a de qualquer pessoa comum. Tá, vocês são criaturas feitas à minha imagem e semelhança, nós temos realmente coisas parecidas, só que às vezes essa coisa de ser uno, eterno, transcendente e imanente me dá no saco.

FRANZ KAFKA
Ok, eu entendo e lamento.

DEUS
E então? Poxa, vamos lá, vai. Uma vezinha só.

FRANZ KAFKA
Cara, chega dessa conversa. Não, definitivamente, não.

DEUS
Eu te arranjo um contrato de edição. Com a editora que você quiser. Random House? Pffff, moleza, em duas semanas seu livro tá na gráfica. E será destaque na Feira de Frankfurt. Ou quer publicar um conto, um artigo, na The New Yorker? Você pode escolher o que quiser. Ou então você prefere continuar escrevendo para sempre no seu bloguezinho lá que ninguém lê?

FRANZ KAFKA
Esse "para sempre" é uma ameaça, é?

DEUS
Entenda como você quiser.

FRANZ KAFKA
Olha, não é por nada, não, mas você ainda não perdeu essa mania de submeter os outros à Sua, com letra maiúscula, vontade e a seus caprichos? A brincadeira não perdeu um pouco a graça depois que você quase levou aquele coitado do Abraão a matar um filho? E o Jó? A troco de que massacrar alguém daquele jeito? Você acha que isso é coisa que se faça? Qual é o seu barato, afinal de contas? Sadismo?

DEUS
Você é ridículo, mesmo. Um judeuzinho ateu que se julga cheio de ética, bem coisa de judeu mesmo. E de judeu pobre. Pensei que o Bom Retiro hoje em dia só tivesse coreano, que vocês todos tivessem enchido o rabo de dinheiro e se mudado aqui pra Higienópolis.

FRANZ KAFKA (rindo, irônico)

Putz, incrível, até Deus no fundo acha que o deus dos judeus é o dinheiro. Que mais que você acha, hem? Que os sionistas são um bando de conspiradores que pretendem dominar o mundo?

DEUS

Não subestime minha inteligência, rapaz. Eu não escolhi vocês como o povo eleito à toa. Só que, pra cada Albert Einstein, para cada Baruch Spinoza que eu consigo criar, sai um milhão de bestas quadradas que nem você.

FRANZ KAFKA

Ó quem fala, besta quadrada... quer saber, finalmente eu tô conseguindo entender porque você sempre ficou tão quieto, tão na sua. É que, se você fosse falar, todo mundo ia descobrir que você não bate bem, nunca bateu. Cara, eu volto ao ponto, é absurdo você usar um computador que tá pela bola oito –

DEUS

Isso é problema meu.

FRANZ KAFKA

Aí é que tá, isso não é problema seu, não, mas do neguinho aí pela vida que acaba se dando muito mal simplesmente porque a merda do computador do big boss não funciona direito. Você devia sofrer um impeachment, ou ser declarado incapaz e ser mandado para um asilo de velhos tantãs, isso sim.

DEUS

Olha, até que não seria má ideia. Você não imagina o quanto é cansativo ficar ouvindo essas blasfemiazinhas de tipos como você. Voltaire pelo menos era um one-man-show realmente engraçado. Nietzsche era catedrático – ulalá, que chique! – de filologia clássica. Já você não passa de um judeuzinho recalcado do Bom Retiro, um tecnicozinho de informática e escritorzinho de blog.

FRANZ KAFKA

Eu não sou do Bom Retiro, eu nasci, cresci e moro até hoje na Vila Mariana! E você, que que você é? Na boa, você não passa de um babaca que não faz porra nenhuma, que só fica aí, soltando suas imprecações com sua fala enfática e pomposa, enquanto –

DEUS (interrompendo-o)

Certo, e daí? Eu tenho meu jeito de fazer as coisas, pode não ser o jeito mais agradável, até concordo, mas o quê que você sugere para pôr no lugar? Pode falar o que quiser de mim, mas eu tenho compromisso com a justiça e com a benevolência. E, acredite, é um compromisso inalienável. Me mate, me mande para um asilo, me declare incapaz. Dispense meu arbítrio, ótimo, maravilha. E aí? Vai apelar à benevolência de quem? Ao senso de equidade de quem? À justiça de quem? Do pessoalzinho lá que frequenta a Mercearia São Pedro? Dos editores de livros?

FRANZ KAFKA

Quer saber? Você, o pessoal da mercearia e os editores de livros que vão todos pra puta que pariu.

DEUS
Toma jeito, rapaz. Você tem muito ainda o que aprender. Tem que comer muito arroz feijão ainda pra tentar vir cantar de galo pra cima de mim.

(Franz Kafka caminha até a mesa, desconecta o computador de seus vários fios, o pega e o joga pela janela.)

DEUS (gritando)
Ei! O que você está fazendo! Não! Não!!!

(Deus se joga no chão tendo chilique, como uma diva que estivesse passando por uma crise de cólica menstrual. Franz Kafka pega suas coisas sobre a mesa – uma pasta, uma pequena caixa de ferramentas, etc.)

FRANZ KAFKA (olhando, alternadamente, para Deus e para a janela)
Eu realmente aconselho que o senhor compre um computador novo. Esse seu aí acabou de acabar de vez.

(Deus continua com seu chilique. Franz caminha até a porta, e, antes de sair, volta-se para Deus.)

FRANZ KAFKA
E toma jeito você, seu velho.

CAI O PANO

B. O.

TODA MUDEZ SERÁ CASTIGADA

Berta Brunstein pergunta: Peter, você gosta de trepar comigo? Peter Mandrake responde que sim, gosta.

Hum, Berta murmura.

Que foi, ô?

Nada. E para com essa mania de falar ô, ô, ô.

Peter ri e pergunta: por quê?

Por nada. Porque eu tô pegando esse cacoete seu, só por isso.

Entendi. Tipo assim, quando você vai gozar, você não consegue mais emitir a vogal ó aberta, ó, ó, sai ô, ô.

(risos)

(silêncio)

Por que você me perguntou isso?, Peter Mandrake diz.

Se você gosta de trepar comigo?

Hum-hum.

Sei lá. Só pra saber.

Tá.

(silêncio)

Vai, odalisca, Peter diz.

O quê?

Vai, pergunta o que você no fundo tá a fim de perguntar.

Berta ri e diz: Peter Mandrake, o indutivo.

É. Já fui chamado desse troço.

(silêncio)

Por uma daquelas odaliscas lá do seu Orkut?

Chi, você e essa cisma sua...

Cisma nada.

(silêncio)

E aí?, Peter diz.

E aí o quê?

Não vai me perguntar?

Hum. Não, não vou.

Ok.

Acho que eu não tenho nada pra perguntar pra você.

(silêncio)

Berta?

Hum.

Tá tudo bem?

Sim. Tudo bem.

Hum.

(silêncio)

Relaxa, ô. Eu não vou cortar teu pau fora enquanto você estiver dormindo.

(risos)

Folgo em saber, senhorita.

Folga. Vai folgando, vai...

(risos)

Hum. Sabia que o Charles Bukowski se acostumou a dormir de bruços justamente por causa disso?, Peter diz.

Medo de ser capado?

Hum-hum. Ele andava com umas senhoritas barra-pesada, tudo tarja preta. Uma mais pirada que a outra.

(silêncio)

Que horas são?, Berta pergunta.

Três e vinte. Daqui a pouco a gente vai.

Ok.

(silêncio)

Você leu a *Vejinha* desta semana?, Peter diz.

Não. Por quê?

Tem uma reportagem lá sobre o Bom Retiro. Eu não sabia que as judias ortodoxas usam peruca.

Usam.

Por que, hem?

Porque o cabelo é para ser mostrado só para o marido. Eles consideram o cabelo um instrumento de sedução.

Ué? E a peruca? E se for, sei lá, uma peruca estilo Jessica Rabbit? Não seria algo altamente sedutor?

Mas peruca é algo extrínseco. Entende a diferença sutil? Intrínseco. Extrínseco. Dentro. Fora. In. Out.

(silêncio)

Sei lá. Eu acho que essa coisa de peruca só funcionaria se a peruca fosse medonha, tipo imitação do cabelo do Reginaldo Rossi, Peter diz.

(risos)

Ah, então quer dizer que você não me comeria se eu estivesse usando uma peruca estilo Reginaldo Rossi?

É claro que não. Você sairia comigo se eu fosse parecido com o Reginaldo Rossi?

Mas ser parecido seria algo intrínseco, Peter. É diferente.

Certo, e uma peruca seria algo, algo meramente extrínseco, não substancial.

Exato.

Viu só?

Oh yeah. Você está ficando bom em ironia judaica. Logo, logo, a gente já pode marcar a circuncisão.

(risos)

Sai fora, ô.

Tá com medo, Peter?

Medo? Sei lá. Não, não exatamente.

Então relaxa. Não dói tanto assim. Bom, eu suponho que não doa.

(risos)

Pô, o negócio é como eu vou bater minhas punhetas sem prepúcio. Vou ter que começar a, sei lá, foder fígados, que nem o Alexander Portnoy?

(risos)

(silêncio)

Você não leu *Operação Shylock*, né?, Peter pergunta.

Não, não li.

Porra, que bela judia de araque que você é, também. Fica lendo essa bosta desse Charles Bukowski e ignora o Philip Roth.

Eu não ignoro o Philip. E o Bukowski não é uma bosta.

Ah, Berta, pelo amor de Deus. O cara fica lá, só bebendo, bebendo, bebendo. Sei lá, eu prefiro autores que fodem o fígado de maneira mais alegórica, simbolicamente mais rica, entende?

(risos)

(silêncio)

Mas por que você me perguntou do *Operação Shylock*?, Berta diz.

Não, eu estava lembrando uma parte em que o falso Roth, o impostor que tá lá em Jerusalém se fazendo passar pelo verdadeiro e pregando o diasporismo, diz que os poloneses vão esperar na estação de trem os judeus que voltarem para a Europa e vão chorar de alegria e se jogar a seus pés e berrar, "Os nossos judeus voltaram! Os nossos judeus voltaram!".

(risos)

O Philipão é craque nessas hipérboles, nesses exageros, Peter diz.

É. O cara é foda.

É mesmo, ô.

Ô...

É, ô.

(risos)

Ó, mais um "ô" idiota desses eu faço com você o que as namoradas do Bukowski não conseguiram fazer, tá entendido?, Berta diz.

Ok, ok. Deixa eu só dar uma mijadinha antes pra, tipo assim, guardar uma recordação de como era fazer xixi sem canudo.

Vai lá.

(risos)

(silêncio)

Nossa, estou precisando cortar o cabelo, Peter diz, voltando do banheiro.

Não corta. Está bom assim.

Você acha?

Hum-hum. Está legal.

Ok. Com licença?

Toda.

(silêncio)

Tem guaraná aí ainda?, Peter pergunta.

Deve estar sem gás.

Manda.

(silêncio)

É. Totalmente sem gás.

Quer que eu pegue outro?

Não precisa. Valeu.

(silêncio)

Well... superclichê essa coisa de espelho no teto, você não acha?, Peter diz.

Você está num motel, oras. Queria o quê?

É.

(silêncio)

É, é bom trepar com você, Berta diz.

(silêncio)

Hum. Você acha legal, tipo, minha mudez concupiscente?

(risos)

É. Pelo jeito a única maneira de fazer você fechar essa matraca sua aí é chupando seu pau.

(risos)

Pode crer. Não é que eu escolha isso, eu simplesmente não consigo falar quando estou com tesão. Ouvir, também, fica meio confuso, entender o que o outro está falando.

Hum.

Falar o quê, também? "Hum, agora vou te comer assim e tal", "Vou gozar, baby, vou gozar"...

(risos)

Ou então, "Eu te amo, meu amor, minha vida não tem o menor sentido sem você".

Hum.

É até engraçado. Será que é culpa do Julio Iglesias, dos pagodeiros, dos sertanejos, será que é por culpa desses caras que a linguagem dita amorosa se tornou... tão constrangedoramente rasteira, piegas?

Acho que não. O Elvis Presley e os Beatles já tinham feito esse trabalho direitinho.

Não fala mal dos Beatles, ô.

Falo, ô.

(risos)

Peter cantarola, de modo meio caricato: love me tender, love me, sweet, never let me go. Na boa, Berta, você consegue me imaginar dizendo, a sério, um troço ridículo desses?

Hum. Não, não consigo.

Pois é.

(silêncio)

Infelizmente, não, Berta diz.

(silêncio)

Tô brincando, tá, ô?, diz Berta.

(silêncio)

Hum-hum. Eu sei.

(silêncio)

Mulher de Saia Curta no Céu
Não Vai Entrar

Estamos rodando pelo centro. Acabamos de entrar na Nestor Pestana, que está com o trânsito parado.

Algumas garotas na calçada me lançam as melhores caras e bocas que conseguem fazer.

Fábio, meu irmão mais novo, sentado ao meu lado no banco de trás do carro, diz, acho mó engraçado, né? A mulher, putz, isso é nítido, a mulher é toda segura de si, com vinte, vinte e dois, vinte e quatro, até vinte e cinco ela é toda segura, é toda bababá, bebebé.

É, meu, depois disso..., diz Renato, meu outro irmão, inclinando-se ao console do carro para pegar uma caixa de fósforos e acender seu cachimbo.

Que nem a Aninha, uma mina lá do escritório que agora me pegou pra conselheiro sentimental, já te falei dela, não falei?, Fábio me pergunta.

Aninha?

É, aquela lá que foi colega de escola da Gabriela Duarte.

Boi dá uma bufada e bate com os dedos no volante, tentando acompanhar o ritmo de *The power of equality*, do Red Hot Chili Peppers.

Vejo uns japoneses entrarem numa boate e tenho uma breve tentação de filmá-los.

Fábio continua falando sobre a tal garota: então, na quarta-feira a gente foi no almoço de despedida do Léo, lá no Nimitz, aí tinha um cara lá e a Aninha me falou, Fábio, tá vendo aquele cara ali?, e eu falei, tô, aí ela disse que era um paquera dela. Um sujeito meio folgadão, sabe? Loiro, trinta anos, bem pinta de folgado. E o namorado dela –

Renato o interrompe, porra, ela tem namorado? E fica dando bola pro –

Paquera dela. Tipo, eles nunca conversaram, mas –

E é bonita essa Aninha?, pergunto, batendo levemente com a unha na lente da câmera.

Ela é um tipo. Tem meio cara de árabe, assim, sabe? Um metro e setenta, cabelo castanho escuro, pele morena, meio narigudinha. Eu acho ela bonita. Bom, aí ela falou, é, eu não tô muito bem com o Guilherme, e não sei o quê. O Guilherme, namorado dela, é gente fina, mas é um cara meio... meio roda-presa, sabe? Ele se formou em economia, estava trabalhando no American Express, aí largou o emprego porque cismou de fazer MBA nos Estados Unidos, só que o negócio é que ele não tem grana pra ir, então a Aninha falou que ele está superconfuso, tá no maior dilema.

É, e em vez de ela dar força pro cara, não, fica aí meio que chifrando ele. Boa gente pra caralho, Renato diz, trocando a fita do Red Hot por uma do Agnaldo Timóteo, que começa a cantar uma versão em português de *Yesterday*.

Fábio diz, o negócio é que ela começou a namorar o cara meio de embalo, sabe? É aquele lance, ele gosta muito mais dela do que ela dele. Eu até falei pra ela, Aninha, se você não está mais a fim do cara, não fica enrolando.

Sai fora, pô, Renato diz. Vai ficar cozinhando o cara pra quê?

Pois é, e você precisava ver, outro dia a gente foi fazer happy hour e ela deu uns cuts no cara na frente de todo mundo.

Boi diz, mas tem uns sujeitos também que, desculpa falar, são uns bolachas. Se alguém me dá um corte assim, cara, eu já mando se foder rapidinho.

Seguimos pela Consolação, viramos na Martins Fontes e eu digo que a bateria da filmadora quase já foi pro saco e que ainda não gravamos nenhuma cena legal.

Fábio aponta na direção da calçada e diz, porra, meu, olha lá o Plínio Marcos.

Fábio diz, lembra aquela vez que ele foi lá no colégio vender os livros dele?

Lembro, Renato diz. Ninguém comprou porra nenhuma.

Xaropaço, Boi diz.

Como é que um cara que já foi famoso pôde ficar nessa draga?, Renato pergunta.

Não, meu, esse jeitão esculhambado dele é só fachada. Inclusive ele tem a maior grana, Fábio diz.

Grana? Há!, Renato diz.

É, grana, Fábio reafirma.

Boi diz, sei lá, eu ouvi dizer que numa época ele estava morando numa tapera no meio do mato e que ficava o dia inteiro escutando uma rádio de Cuba.

Não, não, quem fez isso foi aquele outro cara lá, aquele cantor comunista, Fábio diz.

Cantor comunista?, Renato pergunta.

É, caramba, aquele cantor, esqueci o nome dele.

Surge uma discussão sobre se foi o Taiguara, o Simonal ou o Geraldo Vandré que morou numa tapera em companhia de um rádio de ondas curtas.

Aquele lance de churrasquinho de mãe é coisa do Plínio Marcos?, pergunto.

Renato diz que churrasquinho de mãe era o apelido do cantor Teixeirinha.

Reparo num travesti parado na calçada. Sua combinação de roupas cintilantes me lembra uma grotesca árvore de Natal. Churrasquinho de mãe.

A mãe dele morreu num incêndio, Renato diz.

A mãe de quem?, Boi pergunta.

Do Teixeirinha. Por isso que o apelido dele é churrasquinho de mãe.

Fábio murmura a expressão cantor comunista e ri sozinho. Ligo a câmera, vejo as tomadas que fiz e digo, moçada, a bateria tá quase zerada.

Começamos a subir a Augusta na direção dos Jardins.

Renato tira a fita do Agnaldo Timóteo, começa a vasculhar o dial e para numa rádio evangélica.

Ouvimos uma música estilo country com uma letra que diz que mulher de saia curta no céu não vai entrar.

Boi diz, que merda que foi hoje. A gente precisa planejar melhor essas nossas filmagens.

Estamos no America da Alameda Santos, sentados na ala de fumantes.

Tomamos cerveja Heineken e acabamos de liquidar uma porção de batatas fritas.

Boi diz, incrível como puta tem tudo o mesmo papo, a mesma conversa de sempre. É a mãe que está no interior, o irmãozinho doente.

Puta é o maior bicho envuduzado, isso sim, Fábio diz.

Renato risca um fósforo e acende o cachimbo. Penso na palavra envuduzado e sinto um vácuo esquisito, uma espécie de enjoo, simultaneamente na cabeça e na boca do estômago.

Fábio comenta, meu, aquela mina lá da Haddock é o tipo de mina que se você vê com uma roupa legal, andando no shopping, você nem diz.

É. Não parecia mesmo puta, digo, mordendo o canto de uma unha.

Fábio diz, sei lá, cara, esse lance de puta, realmente, eu tô fora. Depois daquela merda que me aconteceu, tchau, acabou.

Também, cabaço, vai transar sem camisinha com puta?, diz Renato.

Nem me lembra disso, cara. Filme de terror.

O garçom – um velho conhecido que chamamos entre nós de Cabeça Torta – chega com nossos pratos e pedimos mais quatro cervejas.

Uma garota loira e bonita passa por nós. Ela está sem sutiã, vestindo uma camiseta Dolce & Gabbana e uma minissaia preta.

Aquela garota lá da Haddock é meio do tipo da Aninha, Fábio diz, subitamente.

Que Aninha?, Boi pergunta.

Aquela minha colega de trabalho.

Na boa, Fabião, você tá meio gamado nessa tal de Aninha, não tá?, Renato diz.

Nem, nem. O lance dela é outro, Fábio responde, com uma mistura de desânimo e malícia.

Ouço a garota da minissaia preta dizer algo sobre a chave do Mercedes-Benz que o pai dela perdeu e que custou quatrocentos reais mandar vir uma nova da Alemanha.

A Aninha tá a fim de casar, entende? Tá naquela afliceta que dá na mulher quando ela chega perto dos trinta e ainda não encomendou a grinaldinha dela, Fábio diz.

Minissaia preta.

Ué, então por que ela não se casa com o namorado?, Renato pergunta.

Sei lá eu, diz Fábio, tirando um Gudang Garam do maço. Quanto mais ela me conta os casos dela, menos eu entendo o que ela quer.

Renato dá uma risada curta e diz, é, queria só ver se você fosse cheio da grana se ela já não teria colado em você. Ela não tem dinheiro, tem?

Classe média, Fábio responde, acendendo o cigarro.

Média-média, média alta, ou o quê?

Média. Que nem nós.

Olho para meu prato com um hot dog comido pela metade. Reparo nos restos de baguette e gergelim que estão espalhados sobre ele. Pego algumas cascas de pão e as vou transformando lentamente em farelo. Depois, passo o dedo sobre o prato, o lambo algumas vezes, sinto as partículas com gosto de trigo se dissolverem em contato com minha saliva e então começo a fazer desenhos com o farelo restante – círculos, espirais, losangos, letras –, tudo numa sequência aleatória e sem significado nenhum.

A Mente Ociosa é a Oficina do Demônio

Meu pai era um escritor fracassado, que teve um ataque cardíaco numa estação de metrô quando voltava da Rua 25 de março, onde havia comprado uma tábua de passar roupas.

Essas circunstâncias prosaicas de sua morte foram cruciais para mim: decidi que minha vida não iria se assemelhar em nada à dele.

Fiz uma faculdade razoavelmente boa, me estabeleci sem dificuldade em minha profissão e me casei com uma mulher bonita e aparentemente equilibrada.

Alguns anos se passaram, até que num intervalo de poucos meses minha mulher me abandonou, fiquei desempregado e tive herpes ocular.

Superei a depressão decorrente desses acontecimentos todos e resolvi tirar um ano sabático, como anda na moda se dizer.

A princípio pretendia fazer algum curso, ou passar uns meses na Europa, mas acabei me dissipando em mulheres, bebedeiras e vagabundagem pura.

Por exemplo: numa época eu ocupava meus dias todos em competições do tipo "quem conseguirá cometer a maior extravagância no prazo de uma semana".

Na única vez em que os participantes da brincadeira me sagraram campeão, criei um website que supostamente pertencia ao demônio e oferecia o serviço de pactos diabólicos online.

O interessado teria de depositar um valor mínimo de quinhentos reais na minha conta bancária e se limitaria a mentalizar seu pedido.

Dessa forma, eu não poderia ser processado por estelionato, etc., etc.

Então arranjei um emprego, parei de beber, comecei um namoro sério e deixei de lado essas besteiras.

Um dia fui checar se a devolução do imposto de renda já havia chegado quando vi um depósito na minha conta, num valor que fez meu coração disparar.

Liguei para meu gerente, cara, entrou esse valor na minha conta, isso tá certo mesmo?

Ele pediu que eu ligasse em quinze minutos.

Quando retornei a ligação ele me disse que estava tudo certo, que não tinha havido engano algum, que o depósito havia sido feito nominalmente a mim.

Doei o dinheiro integralmente para instituições de caridade, cancelei todas minhas contas de e-mail, todos meus perfis em sites de relacionamento, todos os meus cadastros em lojas virtuais e, além disso, joguei meu computador fora.

Pelos meses seguintes me esforcei para esquecer o nome do sujeito que, por motivos que não quis averiguar, me havia feito aquele pagamento.

Demorei até conseguir dormir bem de novo.

Então passei a me perguntar se alguma coisa de fato anormal havia acontecido comigo. Quase me convenci totalmente de que não.

De qualquer forma, fiquei com alguns pavores, pavores persistentes, pavores que, embora discretos, creio que nunca mais poderão ser totalmente erradicados.

SEXO ORAL

Conheci a Patrícia durante um engarrafamento na Rua Oscar Freire, a Rebouças estava fechada para o enterro do Ayrton Senna, seu carro estava ao lado do meu, igualmente imóvel há não sei quantos minutos.

Namoramos durante três anos. Rompemos, reatamos, rompemos de novo, aí eu me envolvi com uma colega de trabalho, a Simone, e me casei.

Enquanto isso, ou seja, enquanto namorei, me casei, tive dois filhos, morei na Cidade do México, voltei para São Paulo, me separei, Patrícia exerceu uma rotina de arranjar pseudomaridos, que lhe legaram dívidas bancárias, herpes genital e um aborto.

Eu sabia o que se passava com a Patrícia porque eventualmente ela me procurava, para que eu a ajudasse a se livrar de algum aperto.

Não fazia essas coisas escondido da Simone, claro. Simone não se incomodava muito com essa minha ex-namorada, se limitando a chamá-la às vezes de "ah, o aviãozinho...".

Aviãozinho porque uma vez um boçal de um primo meu disse na frente da Simone, "Nossa, aquela sua namorada antiga era um aviãozinho", e também porque uma vez Patrícia me procurou para que eu lhe emprestasse mil reais, ela vinha bancando a cocaína que um dos tais pseudomaridos consumia, um sujeito que passava os dias tocando guitarra no apartamento dela e que dizia que ia ser o novo Jimi Hendrix, e não só bancava, como muitas vezes ia pessoalmente à boca comprar a droga.

É engraçado. Às vezes eu olho para alguma foto antiga da Patrícia, especialmente as de sua época de modelo, começo dos anos 1990, e me choco. Me choco porque sua aparência não bate em nada com a história que ela veio a ter, não bate, em resumo, com sua aparentemente irreversível tendência ao erro, à perda e à degradação.

Além do cocainômano candidato a Jimi Hendrix, houve em sua vida o jovem empreendedor que tinha uma firmeca que vendia produtos para lavanderia, todos roubados, o artista plástico que se virava, na surdina, como michê, o cara que havia perdido 60 kg e que agora estava precisando de 8 mil reais para fazer uma plástica no abdômen, o sósia do Tom Cruise, que era casado, tinha transtorno bipolar e que a engravidou, o discípulo do Gurdjieff, que ganhava a vida traficando anabolizantes, isso sem falar nos casos menores, dos quais foram protagonistas uma extensa e trágica fauna de atores, escritores e fotógrafos, todos invariavelmente fracassados. Eu fui o único homem mais ou menos normal com quem Patrícia se relacionou, o único com quem, no final das contas, ela sempre pôde contar.

Sempre soubemos disso, eu e ela, tanto é que jamais nos afastamos totalmente um do outro.

Anteontem ela me mandou um e-mail que dizia mais ou menos o seguinte: estou bem, fiquei um tempo em Barretos me tratando de um câncer, papai morreu há oito meses e mamãe foi morar com a tia Sônia, estou com muita saudade sua, quando a gente pode se ver?

Combinamos de eu ir a seu apartamento.

A primeira impressão que tive ao rever Patrícia foi que ela estava parecendo uma piscina cuja água fora totalmente drenada.

Ela falou de sua doença e do tratamento que fez – que os remédios que teve de tomar fizeram seus dentes cair, que tem uns remédios novos, importados, que são bem menos agressivos, mas que são muito caros e que a merda do plano de saúde dela não pôde cobri-los, então minha vista começou a escurecer e achei que eu fosse desmaiar.

Mudamos de assunto, me recompus, tomamos umas oito latas de cerveja e então Patrícia me levou a seu quarto.

Tiramos a roupa, nos deitamos e ficamos dando uns beijos – tensos, defensivos e cautelosos.

Patrícia perguntou, posso te chupar?

Claro, claro que pode, respondi.

Ela apagou a luz, deitou-se de novo e disse, eu vou tirar, tá?

Fique à vontade, respondi.

Está me incomodando. É difícil se acostumar com esse treco.

Hum-hum. Eu imagino.

Tá. Mas não olha pra mim. Você jura por Deus que não olha?

Juro, claro. Pode ficar tranquila.

Esta obra foi composta em Minion 11/13,1.
Impressa com miolo em offset 75g e capa em cartão 250g,
por Createspace/Amazon.